LES CHANTS

DU PSALMISTE.

Paris. — Cosson, imprimeur de l'Académie royale de Médecine,
9, rue Saint-Germain-des-Prés.

LES CHANTS

DU

PSALMISTE

DEUXIÈME ÉDITION

Odes, Hymnes et Poëmes

PAR SÉBASTIEN RHÉAL

précédés

D'UNE INTRODUCTION

PAR

M. BALLANCHE

PREMIER VOLUME

PARIS

DELLOYE, LIBRAIRE-ÉDITEUR

13, PLACE DE LA BOURSE

—

1841

INTRODUCTION [1]

Les belles représentations de la nature humaine, par les arts d'imitation, sont des représentations qui, par l'essence même de l'art, placent la nature humaine, je ne dirai pas, au-dessus de son assujettissement aux sens, mais dans un état où la pensée puisse et doive l'oublier complétement. Une misère n'est point une beauté. La pureté est la

---

[1] Je dois à la faveur bienveillante de M. Ballanche le don précieux de ce fragment inédit d'une théorie sur l'esthétique de l'art, destiné à reprendre sa place dans l'un des poëmes palingénésiques du philosophe chrétien.

première condition de la beauté, comme elle est le fondement de tous les préceptes de l'art.

Toutes les fois que les poëtes sont descendus jusqu'à exalter notre misère, jusqu'à flatter nos faiblesses, jusqu'à faire, si l'on peut s'exprimer ainsi, l'apothéose des félicités des sens, ils ont méconnu la véritable inspiration. Malgré les formes élégantes qu'ils ont employées, malgré les expressions voilées dont ils se sont servis, ils n'en ont pas moins péché contre l'inspiration qui était en eux, contre la nature divine de l'art. C'est comme un sacrilége et une idolâtrie, toutes leurs habiles périphrases sont presque des crimes de plus.

La peinture s'est aussi quelquefois ravalée : elle est tombée aussi dans l'idolâtrie, et ses voiles indécents n'ont été alors que des périphrases criminelles.

Il semble que la statuaire, placée dans une sphère plus idéale, soit davantage dans l'impossibilité d'en descendre. Elle ne saurait altérer les lignes de la beauté sans cesser d'être; la poésie et la peinture doivent rendre leur inspiration analogue à celle de la statuaire. On pourrait dire, dans l'hypothèse la plus générale, que l'épopée appartient à l'inspiration statuaire, et le drame à l'inspiration pittoresque. En un mot, les arts, et la poésie, qui est le plus élevé de tous, sont tenus de représenter l'homme avant la déchéance, lorsqu'ils veulent le représenter dans sa beauté; ils se dégradent en le représentant après, s'ils le font avec de lâches condescendances.

BALLANCHE.

Ces graves enseignements recueillis de la bouche du chantre d'Orphée, en même temps qu'ils prêtent son autorité toute-puissante à mes propres sentiments, peuvent éloquemment servir d'introduction à cette œuvre à la fois esthétique et religieuse. La grandeur primitive et morale de l'art, tant de fois compromise et méconnue dans les phases diverses des périodes humaines, est la source où j'ai voulu puiser.

Si la poésie est la forme la plus éclatante donnée à la pensée de l'homme pour se manifester, elle est surtout un des plus hauts sacerdoces prédestinés à élever les peuples vers leurs nobles fins, à travers leurs crises successives de transformation. Comme les peuples, elle a souvent dévié de son origine sacrée. Dans les premiers temps, signe inspiré de la nature supérieure, elle était unie au dogme dont elle fut en quelque sorte la prêtresse, et dont elle consacra les mythes dans ses propres traditions. Les traditions héroïques ou nationales, mêlées aux traditions religieuses, revêtirent sous son génie le même caractère solennel.

Orphée, Homère, Hésiode, poëtes primitifs chez les Grecs, comme Firdoursi[1] chez les Persans, et l'auteur du Ramanaya des Indiens, et successivement, dans les époques mythologiques des âges nouveaux, Ossian, le barde du Nord, et les poëtes inconnus des épopées scandinaves, ont tous choisi pour sujets de leurs chants, les grandes luttes théogoniques, les mystères symboliques des Cosmogonies, et les faits héroïques liés aux dogmes dont ils sont les interprètes élus.

A mesure que les peuples, entrant dans la période historique, se sont séparés du dogme et dépouillés de leurs premières origines, les poëtes, perdant à leur tour leur caractère sacerdotal, sont descendus dans les lices civiques. Chez les peuples dont la vitalité nationale est fondée sur les bases antiques du culte ou d'un haut sentiment de dignité démocratique, ils se sont retrempés dans la grandeur des spectacles ou des actions de leurs contemporains.

---

[1] Le Schah-Nameh, ou le Livre des rois de Perse, traduit nouvellement par M. Mohl, complète la série des six grands monuments épiques formés par la tradition nationale des peuples : le Mahabharat et le Ramanaya de l'Inde, l'Iliade et l'Odyssée de l'antiquité grecque, les Niebelungen du moyen âge. La connaissance de ces poëmes, la plupart ignorés du public, habitué aux seules beautés antiques de la Grèce, offrira de fécondes sources à la poésie moderne et de nouveaux fondements aux théories de l'art.

Timothée, Pindare, Tirtée, ont tour à tour célébré les vainqueurs des jeux olympiques unis aux rites religieux et nationaux, ou les triomphes de leurs concitoyens, et entraîné les armées aux combats par la puissance de leurs lyres, comme Amphion animait, aux accords de ses chants, la colonie qui bâtissait la Thèbes béotienne : les poëtes tragiques, consacrés aux mêmes sources, célébrèrent également les grands faits théogoniques, héroïques ou nationaux, et suivirent les hautes traditions des poëtes épiques et lyriques, à la fois exprimés dans leurs œuvres.

Dans cette période, les poëtes sont encore les inspirateurs des sentiments élevés de leur époque et les gardiens du feu sacré. Plus tard, les traditions du culte s'altèrent ou se sécularisent dans les écoles des rhéteurs ; l'esprit public se morcelle et s'affaiblit dans les luttes intestines. La dégénération des peuples entraîne celle de l'art. C'est l'époque des poëtes de la décadence.

Dans les âges postérieurs, les poëtes, soumis de plus en plus aux vicissitudes de leur époque, ont eu alternativement des phases de grandeur ou de décadence. La puissance primitive et supérieure n'agit plus sur eux ou n'y arrive que par des transmissions souvent falsifiées, à travers l'éloignement des mœurs ou les interprétations des écoles. Les fluctuations de leurs temps, l'arbitraire d'un prince plus ou moins favorable, leur propre position privée ont simultanément influé et quelquefois prédominé sur leurs dispositions.

Les genres, soumis aux mêmes vicissitudes, se sont multipliés avec les aspects de la vie sociale. Dans leurs développements successifs et sans loi primordiale, leurs modes originels, transformés, étendus, et la plupart brisés, ne gardent même plus leur nature première. La révolution qui s'opère au sein de la société se réfléchit de toutes parts dans la physionomie poétique et littéraire. C'est l'avénement de l'ère sociale dans laquelle les peuples essaient de se constituer.

Nous sommes arrivés à cette période où la société, au sortir des tempêtes révolutionnaires, encore agitée et flottante sur ses ancres, cherche les bases de sa constitution. La poésie, après avoir subi et réfléchi les phases orageuses de ces crises, songe à son tour à se constituer dans le nouveau cycle humain. Sa déchéance prononcée, pour ainsi dire, par elle-même, a dû suivre celle de tous les grands principes moraux et religieux. Il est temps qu'elle réhabilite ses dogmes indélébiles, fondés sur les premiers. Variable dans ses formes, mais éternelle dans son essence, et dans la destinée des peuples, dont elle est l'interprète,

elle ne saurait rester immobile au milieu du mouvement universel.

Les chants du psalmiste sont l'évocation des doctrines primitives de l'art, telles qu'elles étaient pratiquées
par les grands maîtres antiques , et telles qu'elles sont
enseignées par le philosophe chrétien dont le nom
figure en tête de ce volume. Son titre général , auquel correspondent d'ailleurs le plus grand nombre
de pièces et le caractère de l'ouvrage , est emprunté
de la partie à laquelle le chant du psalmiste sert d'ouverture.

Il me sera permis d'ajouter que le psalmiste de nos
jours ne doit plus chanter uniquement comme celui
de l'Horeb, interprète de la destinée et de la loi du
peuple hébraïque , et que le christianisme , en enser-
rant toutes les nations dans sa voie, a ajouté plusieurs
cordes à la harpe de David. Qu'on me pardonne
d'avoir, un moment, usurpé un nom consacré jadis
aux élus de Dieu.

Le volume est divisé en trois parties : La première,
écrite spontanément au milieu des tourmentes sociales , en retrace les principales phases. Si, dans toutes
les époques, la poésie, ce dogme vivant de l'histoire,
mêla, en s'en rendant l'interprète, sa puissance active
à l'action des peuples, elle ne peut demeurer impas-
sible dans la conflagration où sa loi morale et ses pro—

pres éléments d'existence sont en péril. La lutte du
bon et du mauvais principe, chantée par elle dans les
guerres théogoniques, s'est renouvelée chez les modernes sous des aspects nouveaux. J'ai cru devoir
combattre certaines tendances ou manifestations littéraires, malgré le respect dû aux génies dont elles
émanent, parce qu'elles se sont liées fatalement au
désordre intellectuel de notre époque, et qu'elles
compromettent, avec ses principes supérieurs, la
prédestination de l'art [1].

Le deuxième livre, d'où est tiré le titre du volume,
s'attache plus particulièrement à l'interprétation des
dogmes, placés au point de vue du passé, du présent et de l'avenir. Sans prétendre formuler à mon
tour une esthétique, je ne saurais rester ici dans le silence à cet égard, au risque d'être mal compris. Les
filiations que j'ai établies entre les mythes profanes
et les mythes catholiques, soit dans quelques pièces du premier livre, soit dans les hymnes du
second, reposent sur une croyance intime, fondement de ma foi poétique. Le christianisme, à mes
yeux, la formule la plus parfaite et absolue de l'idée
religieuse, humaine et divine, me semble résumer
aussi dans sa sublime synthèse toutes les idées primor-
diales des anciennes théogonies avec lesquelles, dans

[1] Voir aux notes du volume.

l'origine de la tradition, il a des rapports plus ou moins rapprochés, et dont il offre le trilogisme complet, susceptible d'un infini développement avec le monde social.

Je pense donc que la poésie chrétienne, tant de fois arrêtée dans sa marche par une suite d'événements peut-être nécessaires à la fusion des croyances à venir, doit être l'inévitable source de l'inspiration nouvelle, comme les dogmes antiques furent celles de la poésie antique, et qu'en se retrempant dans sa loi naturelle, l'art chrétien, déjà si grand dans ses premières initiations catholiques, s'ouvre une route plus vaste dans l'universalité du dogme religieux, héritier de tous les dogmes antérieurs. La prophétie du Dante que j'ai empruntée à Byron, et qui termine le second livre, exalte toutes les pompes de l'art catholique par la bouche de son immortel génie. Ce poëme est un de ceux où le barde anglais s'est élevé le plus au-dessus de ses propres discordances en s'identifiant à la noble figure du poëte toscan, et la grandeur chrétienne qu'il respire, atteste la magnificence de la source à laquelle a puisé l'auteur de Caïn.

Le dernier livre se compose de mélanges ou de poëmes écrits à des époques différentes, et qui peuvent former corps avec les deux premiers par le caractère de leurs sujets ou les analogies des idées. Les scènes bibliques d'Agar, qui en font l'ouverture, sont un essai dans ce genre. Le touchant épisode de l'esclave égyptienne m'a paru offrir un type naïf de douleur dans lequel se peignent les premières conditions de la chaîne non interrompue des misères humaines. Dans les deux poëmes suivants, on pourra m'objecter que j'ai usé moi-même des moyens fantastiques étrangers à mes doctrines morales sur la poésie. Je répondrai que je ne prétends point, Dieu m'en garde, exclure le monde imaginaire du domaine poétique. Ce serait lui interdire une de ses sphères les plus imprescriptibles.

J'aurai la même chose à dire au sujet du *Cantique des Cantiques*, placé parmi les imitations des livres saints, et qui, sous le voile de son symbole mystique, présente l'hymne inspiré du sentiment dans les âges patriarcals. Le sentiment, comme la fiction poétique, éternelles sources de l'art, touchent, dans leur essence, aux plus hautes révélations humaines et divines.

Au reste, ici comme ailleurs, je prie le lecteur de séparer la question des principes de celle des formes littéraires de l'ouvrage. Si la pensée fondamentale, dont il dérive, est comprise et approuvée d'un certain nombre, j'aurai atteint le but de cette première publication.

ODES

LIVRE I

Le Festin de Balthazar

LE FESTIN

DE BALTHAZAR

Sous les lambris sculptés de cèdre et de porphyre
Les flambeaux éclatants brûlent avec la myrrhe
    Dans les urnes d'albàtre et d'or.
Les satrapes puissants, s'admirant dans leur gloire,
S'étendent mollement sur leurs couches d'ivoire
    Aux sons du sistre et du cinnor.

Balthazar, sur son trône, entouré de ses femmes,

Respire les parfums et la splendeur des flammes

    Avec les chants adulateurs.

Les esclaves zélés, dans les mains des convives,

Font passer tour à tour les coupes fugitives,

    Pleines d'enivrantes liqueurs.

Dépouilles de Juda, les urnes consacrées,

Les coupes du lieu saint, les amphores sacrées

    Servent aux grands des nations.

Dans le vase où fumaient les dons du sacrifice,

A leurs dieux mensongers, enfants de leur caprice,

    Ils offrent leurs libations.

Soudain sur les parois de la salle sonore,

Une main flamboyante, étrange météore,

    Grave des signes inconnus,

Et ses doigts menaçants, muets et solitaires,

Montrent le long des murs les sanglants caractères

    Aux yeux des hôtes éperdus.

Le monarque se trouble et change de visage :
Ses genoux se heurtaient comme au vol de l'orage
    Les sapins du mont sourcilleux.
La fête s'interrompt ; les instruments s'arrêtent ;
Les flambeaux ont pâli ; des lueurs se projettent
    Le long des murs silencieux.

Balthazar, agité d'une terreur mortelle,
S'écrie à haute voix : Hâtez-vous ; qu'on appelle
    Les mages et les chaldéens !
Qu'ils viennent expliquer ces emblèmes magiques.
Je récompenserai par des dons magnifiques
    L'interprète des mots divins.

Mais la main a trompé la science des sages.
Les savants chaldéens, profonds dans l'art des mages,
    Ne peuvent expliquer le sort.
Aucun d'eux ne connaît ce signe redoutable.
Qui le lira ? Le roi, qu'un noir chagrin accable,
    Sent passer l'ombre de la mort.

Alors, un étranger, un captif se présente ;
Un des fils de Juda vient au sein de l'attente
    Lire les mots mystérieux.
Son regard assuré parcourt cette écriture,
Et découvrant son ordre au monarque parjure,
    Il annonce l'arrêt des cieux.

« O roi ! Dieu vous avait averti par des songes,
Pour dessiller vos yeux et bannir vos mensonges :
    Vous avez souillé son festin ; ·
Vos yeux sont demeurés voilés par le vertige,
Et ces mots imprimés par un nouveau prodige,
    Vous prophétisent votre fin. »

Ta tombe, ô Balthazar ! est creusée en silence ;
Ton règne a fui : ton corps pèse dans la balance
    Moins que la poudre au vent du soir.
Le linceul te revêt de sa robe royale ;
Tu portes pour ton dais la pierre sépulcrale :
    Le Perse en ton lit vient s'asseoir.

Vous qui dans vos banquets, aux feux des girandoles,
Fêtez pompeusement vos muettes idoles,
    Et souillez la myrrhe et le nard,
Vous qui de votre cœur, séduit par la fortune,
Chassez Dieu, votre Dieu, comme une ombre importune,
    Souvenez-vous de Balthazar !

Vous qui vous endormez sur la pourpre et la soie,
Et trompant vos remords par une fausse joie,
    Buvez dans le vase interdit,
Vous qui méconnaissez les oracles sans nombre,
Dont Dieu vient vous frapper pour dissiper votre ombre,
    Souvenez-vous du roi maudit !

AUX SOPHISTES

AUX SOPHISTES

—➤)(◀—

La race de Baal croit nous fermer la bouche.
Ses scribes ont crié par leurs mille clairons :
« La lyre aux sons flatteurs n'a plus rien qui nous touche;
La muse, à prix d'argent, trafique ses fleurons.
Comme l'antique foi la poésie est morte :
Chassons, de myrtes vains, ces chantres couronnés.
Leurs accords fugitifs qu'un vent du soir emporte,
    Iront bercer nos nouveau-nés. »

« Les vers avancent-ils le bonheur des empires
Ou de l'intelligence éclairent-ils le cours ?
Nos leçons valent bien les concerts de leurs lyres.
Dans leurs songes dorés faut-il dormir toujours ?
Des peuples au berceau modulant le langage,
Ils ont fait resplendir le phare conducteur ;
D'autres temps sont venus, et les fils de notre âge

    Ont ravi le feu créateur. »

Levez-vous, répondez ! vous, nos rois et nos maîtres,
Homère, Camoëns, Milton, Alighieri,
Vous, des âges passés les élus et les prêtres,
Qui rayonnez encor sur notre âge flétri ;
Rapsodes, ménestrels, bardes, védas [1], poëtes,
Vous, des peuples jumeaux les chantres inspirés,
Vous qui portez toujours des palmes sur vos têtes,

    Vous que la mort a consacrés ;

Lyres aux cordes d'or, dont les chants symboliques
Rappellent aux humains leurs fastes radieux,

Vous qui nous célébrez les temps cosmogoniques
Et les grands souvenirs des héros et des dieux ;
Vous qui du sombre oubli sauvez tant de mémoires
Et consolez nos jours par vos espoirs si chers,
Vous qui divinisez les vertus et les gloires
      Ou stigmatisez les pervers.

Aux accords de vos chœurs, étoiles triomphales,
L'humanité gravite à des destins plus beaux,
Comme au bruit des tambours, des clairons, des cymbales,
Les guerriers aux combats volent sous leurs drapeaux.
Dans ses bruyants sentiers vous marquez sa cadence,
Et mesurez ses pas aux champs de l'avenir ;
Vous lui prêtez votre aile et votre providence
      Pour les siècles qui vont s'ouvrir.

Les siècles vont-ils donc s'arrêter dans leur course,
Ou se précipiter en des cycles perdus ?
Le torrent élancé rompt-il avec sa source,
Ou voit-on s'obscurcir les astres suspendus ?

L'antique conscience, au sein de nos demeures,
A-t-elle chancelé sur son axe éternel ?
Veulent-ils renverser les lois antérieures
    Sous l'orgueil d'une autre Babel ?

Eh ! qu'importe l'orgueil des fils de la matière,
Titans Icariens sur leurs chars passagers !
Eh ! qu'importent les jeux de leur fausse lumière,
D'un siècle audacieux oracles mensongers !
Leurs tumultueux flux d'ombres et de systèmes
S'écroulent à chaque heure et nul rayon n'en sort,
Et ces dieux ne sauraient se préserver eux-mêmes
    De la douleur ni de la mort.

Les astres, sans pâlir ou briser leurs orbites,
Pousuivent dans le temps leurs révolutions.
Les vastes océans, sans franchir leurs limites,
Mêlent leurs grandes voix aux voix des nations.
Dans les flancs des soleils brûlent les mêmes flammes.
Dans les temples divins fument les encensoirs.

Sur les cordes des luths et dans le fond des âmes
        Palpitent les mêmes espoirs.

Pourquoi nous tairions-nous, héritiers des sybilles,
Voix profondes des jours, lyres du cycle humain ?
Les feux sont-ils éteints chez nos races débiles,
Et les cœurs sont-ils sourds comme leurs dieux d'airain ?
La nature épuisée, en ses rares spectacles,
N'a-t-elle plus pour nous de sens à révéler ?
N'est-il plus de combats, de gloires, de cénacles
        Ou de martyrs à consoler ?

Tant qu'aux cieux enflammés brilleront les comètes,
Tant qu'un flambeau divin luira sur nos banquets,
Tant que la foudre au loin grondera sur nos têtes,
Tant que la mort viendra glacer nos fils muets,
Tant qu'au front des volcans luiront les incendies,
Nos voix retentiront dans les sacrés concerts,
Et quand nous nous tairons, toutes les mélodies
        S'arrêteront dans l'univers.

LA FOUDRE

LA FOUDRE

O vieux ϐροντῶν [1] des Grecs, j'aime ta voix sonore
Qui fait trembler la terre et le ciel et les eaux.
Comme au front de l'Hécla fume une sombre aurore,
Ton éclair précurseur s'embrase à tes carreaux.
Ta voix trouve partout des échos, des abîmes,
Pour te multiplier en tes langues d'airain,
Comme si l'univers, dans ses amours sublimes,
Parlait ton verbe souverain.

[1] Poët. pour ϐροντή, tonnerre.

Nos pères t'avaient pris pour la voix des oracles,

Et lisaient dans tes traits la volonté des cieux.

La sybille écumait dans ses sourds tabernacles

Et tu venais crier : Mortels, il est des dieux !

Le crime pâlissait sous ton bruyant tonnerre,

Dont Jupiter vengeur allumait le courroux,

Et Néron se cachait dans les flancs de la terre

    Pour se dérober à tes coups.

Les peuplades d'Odin, sur leurs montagnes sombres,

Entendaient dans ta voix la voix de leurs guerriers,

Et croyaient voir errer leurs triomphales ombres

Sur le char flamboyant de tes ardents coursiers.

Les sauvages tribus du Nil ou des savanes

Répondaient par des cris à tes mugissements,

Et comme les lions dans leurs antres profanes,

    Poussaient de longs rugissements.

Les Hébreux prosternés, le front dans la poussière,

Écoutaient ta parole au sommet du Sina,

Et voyaient apparaître en ses jours de colère
Sur tes rayons sanglants l'ombre de Jéhova.
Les chrétiens éperdus, dans leurs terreurs profondes,
Sonnaient la voix du temple, afin de te fléchir,
Et du sein des forêts, de la terre et des ondes,
    Mille foudres semblaient sortir.

O terreur! quand ta flèche ouvrant ses feux terribles,
S'élançait de la nue aux regards des mortels,
Les hauts sommets, atteints par tes traits invincibles,
Consacrés ou maudits, se changeaient en autels.
Les fronts que tu frappais, semblables à ces crêtes,
Revêtaient de tes coups l'ineffaçable sceau ;
Ta grande aile emportait les dieux et les prophètes,
    Ou marquait le crime au tombeau.

Les dieux sont détrônés, ô foudre! et ton génie
Domine encor le monde ébranlé par ta voix.
Tu promènes toujours ta sauvage harmonie
Sur le sommet des tours et les palais des rois.

Tu dresses sur nos fronts ta flamme courroucée,

Comme la nue ardente aux villes d'Issacar,

Et le blasphème impur de la foule insensée

    Ne saurait atteindre ton char.

Sous ses triples remparts en vain l'homme s'abrite,

Pour fuir ta voix tonnante et ton glaive de feu.

Les cieux, les monts, les bois, le séjour qu'il habite,

Lui portent tes accents comme la voix de Dieu.

Rien ne peut le soustraire à tes flèches brûlantes.

Le front le plus hardi pâlit à leur clarté,

Et tu fais retentir dans nos âmes tremblantes

    Ta puissante électricité.

O foudre! n'es-tu pas cette clef de l'abîme

Qui gouverne le globe à ses vivants éclairs,

La voix du Dieu caché dont la puissance anime

Les mondes renfermés dans ce vaste univers?

N'es-tu pas le volcan de cet ardent fluide

Dont les traits embrasés circulent dans les corps,

Et qui viennent parler comme un concert splendide
  Sous tes redoutables accords?

La chaîne universelle, à ta voix suspendue,
Roule en ses profondeurs tes retentissements;
Les échos effrayés de notre âme éperdue
Vibrent sous ton clavier comme les éléments.
Eh! ne sembles-tu pas sur tes rapides ailes
Enlever notre esprit dans ton immensité?
La mort vole au travers de tes flèches cruelles;
  Tu proclames l'Éternité.

Ce mot mystérieux que l'enfant balbutie,
Se grave à ta parole en traits plus éclatants;
Son cœur, qui croit ouïr la voix de la Pythie,
Grandit comme l'aiglon sous tes feux palpitants.
Souvent tu résonnas, terrible, convulsive,
Dans les doutes profonds de mon sein terrassé,
Et tu me retrempais dans ta fournaise vive
  Comme un glaive au choc émoussé.

Oh ! qui m'emportera sur les cimes sauvages,

Où rien ne voile à l'œil tes magiques tableaux,

Où le volcan répond à l'appel des orages,

Où l'âme s'électrise à tes divins flambeaux ?

Là ta voix parle seule à la mer gémissante,

Et vient frapper les fronts dans leur sonore exil.

J'aimerais à te voir tournoyer, mugissante,

  Sur les cataractes du Nil.

Éclairs, foudres, volcans, cataractes, tempêtes,

Vous n'êtes pas muets dans nos cœurs frémissants !

Des grandes passions sublimes interprètes,

Vous rappelez leurs fins aux peuples vieillissants.

Sur vos ardents fourneaux la science pâlie

N'a que le livre mort de vos saintes horreurs,

Et vous nous transportez comme le char d'Élie

  Dans vos immortelles terreurs.

A LAMARTINE

A LAMARTINE

Les temps sont trop graves pour qu'une intelligence
consciencieuse et complète se contente de cadencer
des syllabes et de réfléchir des sentiments et des
images.

LAMARTINE.

Non, la lyre n'est point un instrument frivole,

Un son que l'air emporte, ou l'écho d'un vain bruit,

Un vain rhythme inventé pour orner la parole,

Ou pour charmer l'oreille et tomber dans la nuit.

Ses accents, modulés par une loi divine,

Élèvent en chantant leur vol harmonieux,

Et montent où jadis tu brillais, Lamartine,

    Parmi les habitants des cieux.

Ce n'est pas l'instrument dont le joueur amuse

Les passants rassemblés autour de ses tréteaux,

Ni l'air Éolien dont la douceur abuse,

Et que le vent léger tire de ses cristaux.

Mais ce n'est pas surtout l'instrument mercenaire

Dont le son se mesure aux vanités du jour,

Et qu'on vend ici-bas pour l'heure ou le salaire

    Avec l'œuvre de son amour.

La lyre, c'est le cri de nos cœurs, de nos âmes,

Le retentissement de nos terrestres pas ;

C'est le Memnon vivant de nos lèvres de flammes,

Le verbe universel des langues d'ici-bas ;

C'est l'hymne, tour à tour joyeux ou prophétique,

Chantant les dieux de gloire aux salles du festin,

Ou, sur les murs maudits de la ville impudique,

    Proférant le cri sibyllin.

La lyre, de son temps, c'est l'écho magnanime,

Qu'il soit d'or ou de fer, sanglant ou glorieux ;

L'interprète de l'homme, ou vainqueur ou victime,
Et qui parle aux mortels dans la langue des dieux ;
La muse intérieure au solennel trophée,
Que nul ne peut trahir sans honte et sans mépris,
Qu'elle porte une étoile, une palme, une épée,
    Ou les serpents de Némésis.

Malheur au sourd-muet dont la main adultère
Se joue en sa démence avec les dons du ciel,
Ou sur le chantre élu vient pour jeter la pierre,
Comme le sacrilége aux vases de l'autel !
J'entends rire et danser les grelots de la foule,
Comme les moucherons aux clartés du soleil.
Insensé ! disent-ils ; leur noir torrent s'écoule
    Et ne trouble pas mon sommeil.

Insensés les rhéteurs et les troupeaux funèbres
Dont la voix nous poursuit dans notre humble séjour!
L'harmonie est un crime à leur œil de ténèbres,
Comme à l'œil du hibou l'hymne éclatant du jour.

Mais ce n'est plus la foule : et le barde lui-même
Se mêle à ce concert d'outrage et de clameurs ;
Il renie à son tour sa mission suprême,

    Et joint sa rumeur aux rumeurs :

« O poëte ! à quoi bon dans un trompeur délire, »
« De tes ans fugitifs ensevelir le cours ? »
« Qu'un baladin se voue à chanter sur la lyre ! »
« Cesse d'y renfermer tes oisives amours. »
« Rempli de soins plus grands et de plus nobles flammes, »
« Viens briguer au Forum la gloire des martyrs. »
« Pour chanter Dieu, le monde, et consoler les âmes, »

    « Garde tes frivoles loisirs. »

Il est beau de courir aux rostres en alarmes
Dans le gouffre orageux des révolutions.
Honneur à qui défend de la voix et des armes
Les autels ébranlés, les droits des nations !
Il est beau de porter la tête haute et fière
Sur le trône sanglant du jeune André Chénier,

Et de mettre à la fois dans l'urne meurtrière
    Son luth d'or, son glaive d'acier.

Où sont des grands combats les lices éclatantes?
Je vois d'un peuple entier s'éclipser les flambeaux
Et nos vains Cicérons aux bouches haletantes
Se disputer sans fruit le sol des Mirabeaux.
Faudra-t-il déserter les doctes sanctuaires,
Nos lares protecteurs pour les forums poudreux,
Et mêler notre vote aux brigues consulaires
    Dans les partis tumultueux.

Nous, qui suivons ailleurs les beautés éternelles,
Et cherchons l'avenir sous des astres plus purs,
A nos phares sacrés, bardes, restons fidèles,
Et ne nous livrons pas à ces combats obscurs.
Dans l'orage et la nuit, chantons, chantons encore
Pour rappeler le ciel aux matelots en deuil,
Et veillons sur le siècle, en attendant l'aurore,
    Comme les lampes du cercueil.

Si de nobles transports inspirent ta parole
Dans les calamités de nos jours désastreux,
Faut-il fouler aux pieds la divine auréole
Que la muse attacha sur ton front radieux ?
La muse, jadis chère, étoile de notre âge,
Méritait-elle au moins tes insignes mépris?
Le dédain de sa gloire, est–ce donc là l'hommage
　　D'un citoyen à son pays !

Le rire de Byron blasphème dans ta bouche,
Qui priait avec foi le Christ baigné de pleurs.
Byron, dont tu frappais le désespoir farouche
Par l'hymne solennel de tes saintes douleurs,
Byron, cœur plus croyant que la voix qui l'accuse,
Fit longtemps retentir le cri d'impiété ;
Mais Byron [2] respecta le temple de la muse,
　　Et mourut pour la liberté.

Quand le temps, renversant la commune barrière,
Des générations aura mêlé les os,

Dis, que restera-t-il de cette œuvre éphémère

Dont chaque heure en fuyant emporte les échos ?

Penses-tu que le bruit de l'urne aléatoire

S'élèvera plus haut que tes concerts élus ?

De ton propre avenir ce mépris dérisoire

    N'est rien qu'unblasphème de plus.

Oses-tu bien du ciel incliner la balance

Et peser à ton poids les œuvres de ta main ?

Le barde lui rendra compte de son silence,

Comme le fier tribun d'hier et de demain.

Je t'avais mis dans l'âme un instrument sonore,

Et je t'avais doté comme mes séraphins,

Te dira l'Éternel ; ô barde de l'aurore !

    Qu'as-tu fait de mes dons divins ?

Et tu lui répondras : Entre mes mains profanes

Je l'ai laissé détendre et perdre ses accords ;

J'ai terni loin de toi ses rayons diaphanes,

Et déchu comme l'ange à la beauté du corps.

J'ai répandu partout le doute et l'amertume
Où j'avais allumé le flambeau de la foi,
Et, pour des passions de tumulte et d'écume,
Oublié ma première loi.

Mais rends grâce à ces chants que ta bouche renie
Et dont tu sembles même avoir perdu le sens ;
Ils te protégeront dans leur sainte harmonie
Ici-bas et là-haut où vivent leurs accents :
Soit qu'aux pauvres souffrants ces oboles de l'âme
S'échappent de ton cœur en cantiques pieux,
Ou que l'hymne sacré sur ses ailes de flamme
T'emporte, éperdu, dans les cieux.

FUROR MORTIS

Furor Mortis [3]

I

Aux jours de l'agonie où les voix sibyllines
Se taisaient en pleurant dans les temples déserts,
Quand la Rome vieillie, au front des sept collines,
    Pareille aux Messalines,
Chantait ses jeux sanglants sur ses tombeaux ouverts;

Quand les Lares, gardiens des vertus domestiques,
Se voilaient indignés devant les impudiques
    Et les blasphémateurs;

Quand luisaient les flambeaux des débauches nocturnes,
Quand les feux de Vesta s'éteignaient dans les urnes
    Des autels protecteurs ;

Alors de toutes parts le sombre suicide
Atteignait l'incrédule et le voluptueux.
Au sortir des banquets jetant leur coupe vide,
    Les roses de leur front livide,
Ils dénouaient le fil de leurs jours odieux.

Pour calmer leur dégoût, leurs pompes étaient vaines ;
Leurs plaisirs sensuels allumaient dans leurs veines
    Le tourment des satiétés.
Le néant étreignait leurs âmes assoupies ;
Rien ne rassasiait leurs passions impies,
    L'or, l'encens, ni les voluptés.

Tous les dieux travestis des Athènes déchues
Leur avaient envoyé leurs poisons plus mortels.

Les aiguillons cuisants des douleurs inconnues

    Frappaient leurs troupes corrompues,

Et retournaient contre eux leurs ennuis criminels.

On voyait les enfants de Cassie et de Brute

Se traîner, avilis, et rire de leur chute

    Sous le joug des Néron.

On les voyait courir avec eux dans la lice

Et souiller lâchement, au gré de leur caprice,

    L'exemple des Caton.

Les maîtres, plus flétris que les plus vils esclaves,

Les chargeaient en secret du fardeau de leur mort,

Et, pour se délivrer de leurs lourdes entraves,

    Honte des nobles laticlaves,

Dans le bain de Sénèque étouffaient le remord.

Les épicuriens, les enfants du Portique,

Le lâche et l'innocent, l'athée et le sceptique

3

Blasphémaient l'adieu de Brutus,
Et les plus malheureux et les plus magnanimes
S'offraient aux dieux tombés pour dernières victimes
Dans le gouffre de Curtius.

On les voyait, suivant leurs mœurs ou leurs systèmes,
Se choisir un trépas dans leurs jeux favoris,
Et le rire à la lèvre, ou lançant l'anathème
Sur César, Rome, et sur eux-même,
Ou le front couronné des fleurs de Sybaris.

La ville des Césars, sans yeux ni sans entrailles,
Écoutait s'accomplir ces noires funérailles
Au sein de son épuisement,
Et, nageant dans le sang de ses amphithéâtres,
S'enivrait à longs flots de plaisirs idolâtres
Dans son triste avilissement.

BERTRAM

Cependant, sous la ville, au fond des catacombes,

S'assemblaient des tribus, fuyant les jougs honteux.

Des autels s'élevaient sur le marbre des tombes ;

Au souffle vivant des colombes

Les agapes scellaient leurs pactes glorieux.

Là se régénéraient les fervents néophytes.

Pour le monde ils venaient loin des infâmes rites

Offrir l'holocauste chrétien.

Ils venaient préparer leur immortel empire,

Avant d'être livrés sur le champ du martyre

Aux tigres de Domitien.

Pareils aux vieux Romains, les chrétiens de nos villes,

Par les poisons secrets attaqués à leur tour,

Enfants dégénérés des Pauls et des Pamphiles,

    Au bruit des tempêtes civiles,

Se jettent dans la mort pour fuir les yeux du jour.

Ils portent en tous lieux les feux qui les déchirent ;

Dans l'aurore et le soir, dans l'ombre ils les respirent,

    Sur l'Océan, dans la cité.

Ils ont peuplé les eaux, les cieux de leurs fantômes,

Et les suivent partout dans leurs confus royaumes,

    Au lieu de la Divinité.

Leurs livres, leurs tableaux, leurs jeux dont l'éclair brille,

Comme autant de miroirs viennent les réfléchir.

Ils en ont infecté le sein de la famille,

    Et l'enfant et la jeune fille

Les boivent dans leur lait et brûlent de mourir.

Chaque heure allume au loin leurs flambeaux d'agonie,

Et les stoïciens jettent leur ironie

    A travers leurs râles plaintifs.

Tous les voluptueux et tous les impudiques,

Aux martyrs outragés de rires ironiques,

    Mêlent leurs trépas convulsifs.

Famille, amour, devoir, gloire, vertu, patrie,

Ne peuvent ranimer leurs destins énervés.

Les croyances, fuyant de leur âme flétrie

    Comme d'une coupe tarie,

Ne redescendent plus sur leurs yeux réprouvés.

Et la Rome nouvelle, en sa course rapide,

Les regarde périr sous la roue homicide

Sans s'arrêter sur son chemin,

Et, donnant des festins à ses dieux idolâtres,

Passe de ses bazars à ses impurs théâtres,

Sourde comme un César romain.

A G. SAND

A G. SAND[4].

Pythie au luth d'airain, dont la voix gémissante
Frappe l'air ébranlé de ta clameur perçante
        Comme un funèbre glas,

Parle, jusques à quand , au terrestre rivage,
Feras-tu résonner cette lyre sauvage
        Sous l'aile du trépas?

Sur l'austère trépied où siégeait la prêtresse,
Le dieu pythien jadis inspirait son ivresse
    De son souffle divin.

Des oracles sacrés trompette palpitante,
Sa bouche révélait aux peuples dans l'attente
    L'arrêt de leur destin.

Mais, dans les vains élans dont l'ivresse t'entraîne,
Tu ne jettes au loin sur la poudreuse arène
    Que de stériles sons.

Tes oracles pompeux, éclatantes fanfares,
Vont enchaîner la foule à tes songes bizarres
    De divinations.

Les esprits, captivés par tes trompeurs problèmes,
Y cherchent de leur sort les symboles suprêmes
    Dans leurs égarements,

Et frappés tour à tour par le même vertige,
Éprouvent à la fois dans ce fatal prestige
    Tes inconnus tourments.

Le nectar immortel s'altère sous ta lèvre.
Le feu de Prométhée au souffle de ta fièvre
    Se change en poison noir.

Les astres, les tombeaux, dans l'ennui qui t'assiége,
Les cloîtres saints, troublés par ton pas sacrilége,
    Doublent ton désespoir.

Les accords incomplets de ta terrestre lyre,
Sons déchus des soleils où ton ardeur aspire,
    Ne calment point ton cœur.

Des esprits de l'Éden ou des fils de la terre
Nul te reconnaît pour sa sœur ni son frère
    Dans l'universel chœur.

Seule, et brisant les nœuds de toute créature,
Tu renverses la loi de ta propre nature
  Pour te diviniser.

Écho de ces douleurs profanes, ténébreuses,
Tu troubles sous ta main les sources lumineuses
  Où tu devais puiser.

En vain tu veux voler aux sphéres éternelles
Et saisir, glorieuse, entre tes doigts rebelles
  Le céleste cinnor.

Il faut, pour avoir place au séjour d'harmonie,
Sur les bords où chantaient les fils de Polymnie,
  Cueillir le rameau d'or.

Tu parcours à jamais dans ton essor avide
Les pâles régions de l Erèbe et du vide,
  Domaines de l'erreur.

Dans ces lymbes sans fond que le doute humain creuse,

Plane de tes pensers la reine vaporeuse

Dans sa sinistre horreur.

D'obscures visions, semblables aux lamies,

Syrènes dérobant leurs griffes de harpies,

En peuplent les abords.

Les vierges que l'erreur pousse dans leurs limites,

Se flétrissent bientôt dans ces ombres maudites

En impuissants remords.

C'est là que chaque jour s'égarent dans leur route

Les esprits tourmentés par l'orgueil et le doute,

Aux portes de l'enfer.

Le vieux roi de Weimar ouvrit ce vaste empire,

Et les tristes enfants de ce siècle en délire

Y suivent Lucifer *.

La foi, l'amour, l'espoir, tes brillantes monades,
N'habitent point ces lieux aux sombres myriades
    D'esprits dégénérés.

Voici l'arrêt écrit sur leur noir frontispice,
Prêtresse, si ton pied tombe en ce précipice
    Et franchit ses degrés :   ·

« Ton sceptre passera comme un roseau fragile,
Et ton nom, s'il survit, comme un écueil stérile,
    Luira dans l'avenir. »

« Aveugle, tu voulus braver ta loi suprême.
Tu resteras toujours une énigme, un problème,
    D'un temps noir souvenir. »

« Sur ta lyre déchue , aurore sans rosée ,
Du divin sentiment la corde s'est brisée
    Dans tes sombres transports. »

« Si , gardant ici-bas ton humaine nature ,
Ton cœur eût conservé cette lumière pure
    Et ses chastes accords, »

« Tes accents inspirés dans sa source infinie,
Auraient pu s'élever sur l'aile du génie
    Jusqu'aux sphères des cieux. »

« Mais de l'ange rebelle imitant la démence ,
Tu lutteras en vain dans cet espace immense
    Pour atteindre tes dieux. »

BERTRAM [5]

Poëme dithyrambique.

❦

Ainsi toujours du mal cette noire figure
Vient planer à nos yeux comme un sinistre augure
    Du sinistre avenir,

Ou le type vivant du pouvoir déicide
Qui trouble l'univers de son souffle perfide,
    Au gré de son plaisir.

Sous ses mythes profonds, sanglants, terribles, sombres
Il apparaît partout comme le roi des ombres
    Au rire de démon :

Tantôt serpent hideux, vision monstrueuse,
Ou de l'homme, perdu par sa voix captieuse,
    Revêtant le limon.

    Typhon [6], de son œuf redoutable,
    Emblème du monde vivant,
    S'élance affreux, inexorable,
    Roulant ses longs replis au vent.
    Dans la vieille Égypte il s'abreuve
    Avec les dragons aguerris.
    Les mille serpents de son fleuve
    Sifflent au loin contre Osiris.

    Arimane [7] aux signes étranges,
    Des vieux cratères du chaos,

Précipite ses vingt phalanges

De Dews [8] vêtus de flamme et d'os.

Siva [9], dragon aux mille têtes,

Géant aux dévorantes mains,

Rugit à travers les tempêtes ,

Et boit dans les crânes humains.

Saturne [10] du sang des victimes

Engraisse son autel fatal.

Eblis [11], le prince des abîmes ,

Préside le rite infernal.

Teutatès [12] aux bois druidiques

Accomplit ses cruels repas ,

Et Lok [13], sur les monts odiniques,

Répand les terreurs du trépas.

La troupe muette et funèbre,

Fétiches [14] des peuples grossiers,

Pâles idoles qu'on célèbre

Au son des tambours meurtriers :

Rêves inconnus et difformes ,

Horreurs de la création ,

Figurés par des blocs informes

Où la lune épand son rayon.

Leurs signes sont empreints sur les vieilles ruines

De Thèbes, de Memphis, de Tyr, d'Éléphantines

Aux débris monstrueux :

Hydres, scorpions, serpents, magiques caractères,

Qui semblent renfermer les effrayants mystères

D'un monde ténébreux.

Le sombre esprit de la Genèse ,

Sous la figure du serpent ,

Règne dans la grande fournaise,

Dans le chaos toujours hurlant.

Les noirs démons, ses satellites,

Dans sa chute précipités,

Roulent dans les sphères maudites

A travers leurs feux empestés.

Satan ! l'esprit déchu de révolte et de haine,

Dont chaque mythe affreux dans sa nuit souveraine

    N'est qu'une vision ;

Satan, qui fait pâlir la nature vivante,

Et dont le seul penser vient glacer d'épouvante

    Notre humaine raison.

    L'alchimie aux noires cabales

    Plongeait dans ses secrets obscurs,

Et des visions sépulcrales

Évoquait les cercles impurs.

Les ères superstitieuses

Gravaient dans leurs frémissements

Ses légendes mystérieuses

Sur leurs merveilleux monuments.

Bertram, esprit tombé de notre race humaine,

N'es-tu pas le jumeau de l'infernale chaîne

Reproduit dans nos jeux ?

Oui, je reconnais bien cette étrange musique,

Qui porte dans les cœurs son timbre satanique

Et nous verse ses feux.

Le désespoir comme son ombre

Partout enveloppe ses pas.

La mort lui jette un voile sombre ;

Son rire est celui du trépas.

Il revient de la nuit brûlante

Dont son front a vêtu le sceau ,

Et la foule pâle et tremblante

Frissonne devant son flambeau.

Bertram , c'est le damné dans toute sa souffrance ,

Le damné qui n'a plus de foi ni d'espérance

Dans l'exil éternel ;

Le damné, que poursuit le spectre de son crime ,

Et qui, dans son amour choisissant sa victime,

Perd la terre et le ciel.

Redoutable et fatal génie ,

De nos bords il est toujours roi.

Les éclats de sa symphonie

Nous remplissent de son effroi.

Son désespoir et son délire

Descendent dans nos cœurs surpris,

Et nous frémissons de son rire

Et nous gémissons de ses cris.

Esprit, qui donc es-tu, toi qui tourmentes l'homme ?

De quelque nom hideux que la bouche te nomme,

    Sinistre objet d'effroi,

Teutatès, Arimane, Éblis, fétiches mornes,

Typhon, vautour, serpent, Satan, être sans bornes,

    C'est toi, c'est toujours toi !

    Ta puissance pour nous séduire

    Emprunte des charmes nouveaux,

Et tu promènes ton empire
A la lueur d'autres flambeaux.
Dans nos plaisirs et dans nos fêtes
Soufflant tes prestiges maudits,
Tu viens secouer tes tempêtes
Sur nos cénacles interdits.

Tu prêtes à ces sons de plus superbes charmes :
Nos sens épouvantés vibrent de tes alarmes
 Et de tes sourds sanglots.

La nature ébranlée, à tes cordes magiques,
Soulève autour de nous les ombres fantastiques
 De ton empire éclos.

Sous mille décevants visages
Tu te peins pour nous attirer,

Et de nos terrestres langages
Tu sais tour à tour te parer.
Faust, Manfred, don Juan [15], tes victimes,
Sont tes instruments à leur tour,
Et les vierges de nos Solymes
Te vendent leurs âmes d'amour.

Dieu du mal ! ton pouvoir, triplant sa noire sphère,
Déroule ses anneaux de l'abîme à la terre
Et jusque dans nos cœurs.

Bannis d'Éden, frappés par son souffle invincible,
Nous entendons parler dans ce monde terrible
L'écho de nos douleurs.

Oui, nos passions révoltées
Sympathisent à tes accents,

Et de nos âmes tourmentées

Tu fais mieux palpiter les sens.

A travers nos tristes alarmes,

Ton rire aime à se promener,

Et les yeux humides de larmes

Par toi se laissent fasciner.

Fils déchus du Très-Haut, et l'homme et la nature

Se sont identifiés dans leur double torture

    A tes créations.

L'impénétrable sceau de cette antique chute

Règne dans leur désordre et jusque dans la lutte

    Des sourdes passions.

Eh ! n'as-tu pas mille figures

Où ton enfer combat les cieux ?

Tu fais grimacer tes peintures

Devant le trouble de nos yeux.

Ta laideur s'est personnifiée

Sous les songes de nos esprits.

Dans notre race déifiée

Typhon combat contre Osiris.

Le laid [16], c'est encor toi! son aspect nous agite.

Ses hideux attributs disputent son orbite

    A l'empire du beau.

Ennemi du vrai bien, cyclope au noir visage,

Il voudrait dans notre œuvre éteindre son image.

    Et souffler son flambeau.

    Dans ces ténébreuses idoles

    Où ne luit plus le feu divin,

Tu corromps les sacrés symboles

Dont la muse a gardé l'Éden,

Tantôt sous la figure d'ange

Cachant ton âme de démon,

Tantôt d'un monstrueux mélange

Anormale confusion.

O principe du bien, victorieux génie,

Osiris, Jéhova[17], sources de l'harmonie,

Ravissantes beautés,

Gloires, anges, vertus, impérissables flammes,

Venez illuminer nos lyres et nos âmes

De vos saintes clartés !

AUX CROYANTS

AUX CROYANTS

Vous qui croyez encore aux beautés immortelles,
A la gloire, aux vertus, au martyre, à l'amour,
Vous qui, comme un trésor, dans vos âmes fidèles
Enfermez chastement les rayons du vrai jour ;
Vous qui n'avez pas dit dans un orgueil superbe :
Nous sommes les seuls dieux en face du soleil !
Réchauffez-vous dans l'ombre aux purs éclairs du verbe ;
    Soldats, tenez-vous en éveil.

Les flambeaux ont pâli sur les autels antiques,

Et les laves du siècle ont couvert les hauts lieux.

La gorgone a glacé les lares domestiques ;

Les vendeurs sont assis dans les temples des dieux.

Les gloires en vertige ont roulé dans la fange,

Et les forums sacrés sont d'iniques bazars.

Les gardiens du feu dans cet impur mélange

    Descendent aux cirques des chars.

Semblables aux chrétiens, dans les temps d'anathème,

Croyants, ceignez vos reins, vos cœurs et votre foi.

Fuyez les pharisiens et le camp du blasphême ;

Retrempez vos esprits au livre de la loi.

Chantez les hymnes saints dans l'austère vigile

Pour chasser loin de vous le mal contagieux,

Et loin des jeux impurs du cirque et de la ville ,

    Rompez le pain mystérieux.

Les funestes langueurs des races amollies

Atteignent les plus forts comme des traits cachés.

Craignez le souffle ardent de leurs mélancolies,

Et les poisons subtils dans leur air épanchés.

Comme Saül en proie à de sombres furies,

Ils traînent autour d'eux des tourments inconnus,

Et l'encens des plaisirs dans leurs coupes flétries

    Se change en torrents corrompus.

Retrempez-vous, croyants, dans l'œuvre ou la prière,

Dans l'agape, au désert, au foyer, sur les monts.

Armez-vous à la fois de force et de lumière :

Comme au cirque sanglant combattez les démons.

Enfants de l'avenir, consultez les étoiles.

Veillez dans vos maisons, familles du Seigneur.

Épouses, couvrez-vous de vos pudiques voiles;

    Vierges, priez avec ferveur.

Soyez pendant la nuit comme des sentinelles,

Et faites retentir votre cri vigilant :

Nourrissez de l'amour les vives étincelles;

Défendez du vrai Dieu le trépied chancelant.

Les martyrs aux lions ne servent plus de proie,

Et ne conquèrent plus le rameau triomphal.

Leurs combats ténébreux où la douleur les broie,

    Luttent contre l'hydre du mal.

Dans le champ de l'alarme, honneur à qui résiste !

Croyants, serrez les rangs de vos rares tribus.

Ne prêtez point l'oreille aux langues du sophiste.

Sous votre bouclier protégez les vertus.

Rappelez-vous Daniel dans la fournaise ardente,

Et soyez tour à tour ou de flamme ou de fer.

Les principes s'en vont sur la vague grondante.

    Le ciel combat avec l'enfer.

Gloire aux forts, aux vaillants, aux martyrs, aux fidèles,

Aux sages du portique, aux élus des parvis !

Gloire aux faibles souffrants pour les lois éternelles,

Au juste, à l'innocent pour le bien poursuivis !
Gloire aux derniers soldats de l'antique parole,
Aux croyants restés purs dans la corruption,
Aux disciples fervents nourris par le symbole
    De la régénération !

Gloire à vous, gloire à vous que l'amertume abreuve,
Et qui dans vos douleurs vous courbez à genoux !
Frères, nous sommes nés dans les jours de l'épreuve,
Et le signe de feu ne descend plus sur nous.
Plus de chants, de parfums, de fêtes, de cantiques !
Les soupirs du foyer et les cris du forum,
Les râles des métaux autour des saints portiques :
    Mammon ternit le labarum.

Aux chaires des cités voici les faux prophètes,
Les docteurs, les tribuns de la dérision.
Ils viennent parmi nous évoquer les tempêtes
Et changer en tocsin les harpes de Sion.

Le verbe travesti rend de trompeurs oracles ;

La parole en leur bouche a de doubles tranchants,

Et la confusion règne dans leurs cénacles

    Comme dans le camp des méchants.

Croyants, détournez-vous des sentiers de leur foule

Et ne vous mêlez point à leurs vaines clameurs.

Devant la vérité leur mensonge s'écroule

Comme les sombres dews sous les anges vainqueurs.

Ne vous profanez point dans le bazar immonde,

Et ne trafiquez pas des dons de l'Éternel.

L'esprit prostitué domine en paix le monde ;

    Sauvez les vases d'Israël.

LES COMÈTES

LES COMÈTES

Astres errants dont l'orbe aux lueurs sépulcrales
Brille de loin en loin dans la voûte des cieux,
Phénomènes sanglants des zônes sidérales,
Qui venez effrayer nos esprits et nos yeux,
Vous dont on voit là-haut les ardentes figures
Promener sur nos fronts les terreurs de la mort,
Vous qui traînez toujours vos longues chevelures
  Comme les spectres du remord ;

Astres, d'où venez-vous? une sombre épouvante
Saisit à votre aspect les générations ;
Les bouleversements de la race vivante
Signalent ici-bas vos apparitions.
Est-ce vous qui devez, suivant le sabéisme,
Venir purifier le globe par le feu,
Et frapper les humains d'un nouveau cataclysme
    Au signe invisible de Dieu ?

Est-ce vous qui portez les chutes des empires,
Ou les prédictions du destin des mortels ?
Venez-vous nous graver au sein de nos délires
Les mots de Balthazar, vivants, universels ?
Qui vous a couronnés d'une rouge auréole,
Comme le front déchu de l'ange Lucifer ?
Dans vos flancs vagabonds où la tempête vole,
    Cachez-vous un sinistre enfer ?

Quel est votre destin ? Êtes-vous', ô comètes,
Des mondes condamnés à brûler dans leur cours

Et lancés dans l'espace à travers les planètes,

Pour les épouvanter du tourment de vos jours?

Notre globe, heurté par l'aile vengeresse,

Doit-il suivre éperdu votre cycle enflammé,

Et faire flamboyer sur un monde en détresse

    Les feux dont il est consumé?

      .

Viendrez-vous accomplir vos lugubres messages

Dans ces temps annoncés par les traditions?

Nos effrois en sont-ils les menaçans présages

Et vous pressentent-ils dans vos destructions?

Irons-nous, emportés dans votre course errante,

Nous perdre sous les feux d'un autre firmament,

Et roulant dans l'espace une aube dévorante,

    Changer de sphère et d'élément?

Irons-nous, à travers les abîmes du vide,

Loin de nos purs soleils, majestueux flambeaux?

Verrons-nous s'éclipser sur notre front livide

Les astres bien-aimés, phares de nos berceaux?

Déserts, pleurerons-nous au milieu des ténèbres,
Dans l'horreur du silence, immobiles, glacés,
Et marchant au hasard à des lueurs funèbres
    Sur l'ombre des temps renversés ?

Irons-nous, à travers les inconnus royaumes,
Nous briser dans l'abîme à de nouveaux soleils,
Dans les orbes sans fin promener nos fantômes,
Entraînant après nous d'effrayans appareils ?
Les cieux la verront-ils dans leurs sphéres mouvantes,
Notre terre de deuil tournoyer sans repos,
Veuve de son soleil et des races vivantes,
    Et s'engloutir dans le chaos ?

Sera-ce au dernier jour marqué par les prophètes,
Quand les iniquités jusqu'aux cieux monteront,
Quand les mers briseront les digues des tempêtes,
Quand les globes des nuits à nos yeux pâliront,
Quand le soleil, couvert d'une lueur sanglante,
Ne nous enverra plus que de louches clartés,

Quand les êtres vivants dans l'arche chancelante
  Se dresseront épouvantés ?

Quand des voix rugiront sur la terre et les ondes,
Quand les réseaux des nuits nous envelopperont,
Quand sortiront d'en bas les puissances immondes,
Quand dans leurs sourds tombeaux les os tressailliront,
Quand toutes les douleurs crieront dans toute bouche,
Quand les méchants saisis hurleront dans l'effroi,
Quand les chairs se tordront sur leur dernière couche,
  Quand le désespoir sera roi ?

Quand viendront retentir les sons des sept trompettes,
Quand à leur grande voix les temps s'écrouleront,
Quand les soleils troublés tomberont sur nos têtes,
Quand les morts réveillés soudain se lèveront,
Quand sonnera la fin du terrible mystère
Sur les débris du monde et de l'humanité,
Quand le juge viendra fermer son livre austère
  Sous le sceau de l'éternité ?

HYMNES

LIVRE II

Le Rapsode

ET LE PSALMISTE

.

LE RAPSODE [18] ET LE PSALMISTE

CHANT ALTERNÉ

A M. Henri Blaze.

—✳—

LE RAPSODE.

Des fleuves immortels j'ai bu l'onde sacrée ;
Minerve m'a nourri de doctes entretiens.
J'ai recueilli les feux d'Apollon et de Rhée
Dont s'enivraient jadis les chantres olympiens.
Gardien de leurs chants, pour en charmer le monde,
Ceint du doux olivier, du Nil à l'Eurotas,
En tous lieux j'ai porté ma course vagabonde.
Les chevaux du soleil s'enflammaient sur mes pas.

LE PSALMISTE.

Adonaï, le Dieu terrible,
M'est apparu sur le Sina.
Son éclair, sept fois invincible,
Comme un foudre me terrassa.
J'ai chanté la terre promise ;
J'ai crié sur le lit de Job,
Dans l'ardent buisson de Moïse
Et sous l'échelle de Jacob.

LE RAPSODE.

Une lyre à la main, j'ai visité la Thrace
Où le divin Orphée expira dans les flots.
Le Rhodope sanglant gardait encor sa trace
Et les antres glacés en poussaient des sanglots.
Hécate éclaire encor les cruelles Ménades.
Les magiques forêts des monts thessaliens
Soulevaient à mes yeux les sombres phorkiades [19] ;
J'ai fléchi par mes chants les filles des Stygiens.

LE PSALMISTE.

La colonne ardente et sonore
Devant moi marchait au désert.
Le lac empesté de Gomorrhe
Fumait sur son sépulcre ouvert.
Les saints trépieds du sacrifice
Brûlaient aux hymnes du Cinnor,
Et la voix de la Pythonisse
Réveillait les ombres d'Endor.

LE RAPSODE.

Aux salles des festins, chantre aimé de la gloire,
J'ai célébré l'amour, les dieux et les héros,
Ou des morts glorieux réchauffant la mémoire,
Dans leurs urnes d'argent fait tressaillir leurs os
Debout et couronné dans les jeux olympiques,
J'ai soufflé mon délire aux âmes des guerriers,
Et ravissant mes sons sur les autels pythiques,
Conquis la coupe d'or et les sacrés lauriers.

LE PSALMISTE.

Vainqueur ou couvert du suaire,
Harpe fière ou psaltérion,
J'ai chanté dans le sanctuaire
La gloire ou les deuils de Sion.
Le vol brûlant de mes cantiques
Ébranlait l'arche du saint lieu,
Et de mes accents prophétiques
L'hymne s'élançait jusqu'à Dieu.

LE RAPSODE.

Pareil aux immortels dont j'ai suivi la trace,
De l'exil, de la faim, j'ai subi les douleurs.
Parfois les ris sanglants d'une stupide race
Poursuivaient mes accords de leurs éclats railleurs.
Les chiens qui déchiraient le vieux manteau d'Homère,
De ma pourpre flétrie arrachaient les lambeaux;
Les grands me refusaient la porte hospitalière,
Et j'allais m'abriter sous les divins tombeaux.

LE PSALMISTE.

Traîné sur la rive étrangère,

Parmi les sanglots d'Israël,

J'ai vu la lèvre meurtrière

Souiller les vases de l'autel.

J'ai vu de nos tribus captives

Les harpes pendre tristement,

Tandis qu'au bruit des eaux plaintives

Se mêlait leur gémissement.

LE RAPSODE.

Des chantres inspirés où sont les voix antiques

Et les chastes amants des célestes beautés ?

Les muses, désertant les cimes olympiques,

S'envolent en pleurant à nos yeux attristés.

La lyre harmonieuse en nos mains impuissantes

Ne peut plus réveiller les peuples asservis,

Et sur tous les autels les gloires pâlissantes

Laissent mourir au loin leurs flambeaux avilis.

6

LE PSALMISTE.

Le théorbe du roi-prophète
Frémit encore dans ma main.
Sion a relevé la tête
Vers les siècles du genre humain.
Le Liban, le fleuve et le temple,
Tressaillent de joyeux concerts.
Le ciel protecteur nous contemple ;
De nouveaux jours nous sont ouverts.

LE RAPSODE.

Apollon est muet : les oracles sublimes
Se taisent dans Dodone, à Delphes, à Délos.
Les cités en croulant dans le sang des victimes
Poussent des cris plaintifs et rentrent au chaos.
L'Érèbe est étendu sur tous les lieux célèbres.
Le laurier solennel est tombé de mon front.
Les déités ont fui de nos rives funèbres,
Et des voix ont crié partout : Les dieux s'en vont !

LE PSALMISTE.

Peuples, entonnez vos louanges!
Un astre brille à l'orient.
J'entends le chœur sacré des anges :
Sion, lève ton front riant.
Terre et cieux, saluez sa flamme :
Un nouveau Dieu va nous venir !
Je sens retentir dans mon âme
Le cantique de l'avenir.

L'ÉTOILE DE LUCIFER

L'ÉTOILE DE LUCIFER

Astre, fils du matin, étoile orientale,
Comme l'ange déchu dont tu portes le nom,
Ta terre de splendeur dans sa nuit sépulcrale
A perdu la beauté de son premier rayon.
Toi seul viens enflammer l'aube méridionale
    De ta céleste vision.

    Tandis que l'étoile polaire,
    Du nord flambeau stationnaire,

Garde la clef du vieil Odin,
Comme l'astre de sa mémoire,
Tu viens rayonner dans ta gloire
Sur le sol déchu de l'Éden.

Les vieux hymnes du Guèbre et la voix des trompettes
Ne retentissent plus aux murs d'Héliopolis.
Les dieux géants, couchés sous l'or des bandelettes,
Ne se réveillent plus aux sables de Memphis.
Le Jourdain remplit seul le désert des prophètes
    De ses lugubres cris.

La main qui déroula les pages
De ce livre où lisaient les mages,
En lettres vivantes de feu,
Te marqua, soleil de la lyre,
Pour briller sur ce vaste empire
Où plane au loin l'ombre de Dieu.

Là reposent les sphinx, monstres impénétrables,

Sur leurs autels de bronze en silence accroupis ;

Là les temples sacrés renversés dans les sables,

Des oracles fameux les signes assoupis ;

Là les hauts monuments des temps impérissables

    Et le trône de Sérapis.

    Le combat, gravé sur leurs rives,

    Scella ces terres primitives

    Qu'illumine encor Lucifer.

    Son astre, triste et doux emblème,

    A conservé son diadème

    Dans les champs aimés de l'Éther.

Bactriane, Ninive, Antioche, Babylone,

Royaumes éclipsés de vos linceuls couverts,

Et toi, noble Palmyre où le simoun résonne,

Grande reine couchée en tes brûlants déserts,

Parlez , que faites-vous dans l'éclat monotone
  De vos tombeaux ouverts ?

  Gloires et grandeurs disparues ,
  Vos palais , vos tours abattues
  Gisent en funèbres débris.
  Hélas ! l'étoile avant-courrière,
  Qui vous épanche sa lumière,
  Semble pleurer vos jours flétris.

De ces lieux où tu luis, aurore de l'aurore,
Sortent de loin en loin de sourds bruissements.
Le choc des chars guerriers frappe ton air sonore ,
Et Moussoul[20] a tremblé dans ses vieux fondements.
On a vu scintiller un double météore
  Dans leurs vagissements.

  L'un d'eux a disparu dans l'ombre.
  Les cités du sépulcre sombre

Regardent passer leur lueur.

L'occident, que son feu dévore,

Attend s'il ne va rien éclore

Des cendres de sa noble sœur.

De ton sol bien-aimé reverras-tu la gloire,

Et dois-tu l'éclairer de ton charmant flambeau,

Ou luire sur son front, astre de sa mémoire,

Comme une lampe d'or au marbre du tombeau ?

Rouvrira-t-il au monde, heureux de sa victoire,

Son céleste berceau ?

Étoile pure et glorieuse

De ta terre majestueuse,

Flambeau d'un souvenir fatal,

Tu gardes les sacrés mystères

Écrits en divins caractères

Dans le livre zodiacal.

LA FOI

LA FOI

Heureux jours des élus où l'étoile mystique
  Ceignait la terre de splendeurs !
Les temples résonnaient comme une harpe antique
  Frémissants de saintes ardeurs.
Les colombes planaient de l'une à l'autre cime
  Du Golgotha jusqu'au Thabor,
Et le monde ébloui marchait d'un pas sublime
  Au bruit sacré des lyres d'or.

Les chevaliers, couverts de leurs armes vaillantes,
    Embrasés d'un feu surhumain,
Volaient de la prière aux batailles sanglantes,
    La croix et la lance à la main.
Vers leur Jérusalem, l'oriflamme à leurs têtes,
    Ils allaient combattre et mourir,
Et les eaux de son fleuve et le sol des prophètes
    Sous leurs pas semblaient tressaillir.

Les artistes, vêtus de leurs robes de gloire,
    Montaient au temple triomphal.
Ils animaient le marbre, et le bronze, et l'ivoire,
    Et vivaient sur leur piédestal.
Leurs grands noms s'imprimaient aux flancs du sanctuaire
    Où régnait l'immortalité,
Et leurs mains, sans compter le temps ni le salaire,
    Travaillaient pour l'éternité.

La voix du Dieu vivant frappait les tabernacles
    Illuminés par son soleil.

Les marbres des parvis éclataient de miracles :

    Les morts sortaient de leur sommeil.

Les peuples, adorant ces oracles suprêmes,

    Le front prosterné devant eux,

Contemplaient leurs amours, leurs gloires, leurs emblèmes

    Dans leurs patrons victorieux.

Les vierges, s'enivrant de ses béatitudes,

    Dans leur âme entendaient frémir

La harpe de Cécile au sein des solitudes

    Où leur jeunesse allait gémir.

L'échelle de Jacob de la voûte azurée

    Descendait au pied des autels,

Et comme aux premiers jours de la terre inspirée,

    Les anges parlaient aux mortels.

Les cloîtres palpitaient de leurs divins cantiques

    Et réflétaient leurs visions.

Leurs images erraient sur les manoirs gothiques,
Protégés par leurs légions.
Aux pieds de la beauté, comme dans l'autre sphère,
Chantaient les ménestrels pieux.
Les cieux étincelants rayonnaient sur la terre,
Et la terre brillait dans les cieux.

Harpes, lyres, parfums, essences immortelles,
Miracles de la passion,
Étoiles qui brûliez pour les âmes fidèles,
Urnes de la dévotion,
Auréoles brillants sur le front des artistes,
Gloires du pauvre et du martyr,
Autels baignés de pleurs, cantiques des psalmistes,
N'êtes-vous plus qu'un souvenir?

La foi n'inspire plus les sacrés interprètes
Assis devant leur sablier.

Dans nos temples déserts les pierres sont muettes ;

  L'artiste n'est qu'un ouvrier.

La vierge n'entend plus dans sa douleur profonde

  Vos chastes apparitions.

Où s'iront abreuver les malheureux du monde

  Et les plaintives nations ?

VISION

VISION

A M. BALLANCHE.

Vers le sud enflammé rayonnait une croix.

Dans le rayon de feu j'entendis une voix,

Et l'archange debout, les ailes étendues,

Une harpe à la main, flottant au sein des nues,

Convoquait tour à tour les tribus d'Israël

Dans la Jérusalem ouverte au fond du ciel :

7

« Élus prédestinés du céleste royaume ;

» Adultes qui ceignez la tunique de lin,

» Pareils au lis sans tache où l'asphodèle embaume ;

» Vierges aux longs cheveux, sœurs du blond séraphin,

» Qui dansez devant l'arche au son du tambourin ;

» Prêtres qui leur versez et la myrrhe et l'arôme,

» Et les parfums d'amour du mystique jardin ;

» Glorieuse tribu des mères et des veuves,

» Qui portez sur vos fronts des auréoles d'or ;

» Tribu des exilés pleurant le long des fleuves,

» Qui suivez la colonne au pied du mont Thabor ;

» Tribu des combattants, dont les bannières neuves

» Suivent les ailes d'aigle en leur rapide essor ;

» Cénacle des docteurs aux couronnes sphériques,

» Où brûlent les parfums de l'immortalité ;

» Phalanges des tribuns aux couronnes civiques,

» Qui portez pour drapeau l'arbre de liberté ;

» Tribu des empereurs aux globes symboliques,

» Emblèmes de la gloire et de la majesté ;

» Tribus des circoncis et des beaux néophites,

» Qui tressez les jasmins de l'adoration ;

» Chœurs des illuminés, des bardes, des lévites,

» Qui faites retentir en mélodieux rites

» La harpe, le cinnor et le psaltérion,

» Et tous les instruments de votre passion ;

» Tribu des pèlerins, courbés sur vos rosaires,

» Qui marchez, les pieds nus, aux sables séculaires,

» En poussant vers la mort de lugubres soupirs ;

» Tribus des voyageurs et des missionnaires

» Qui portez dans vos mains les urnes cinéraires,

» Les débris des vieux temps et les os des martyrs ;

» Tribus qui gémissez dans vos ombres profondes,

» Dans les limbes du cloître, au fond des soupiraux,

» Dans les flancs de la terre et le gouffre des ondes,

» Où l'homme ravit l'or aux fatals minéraux,

» Où le jour se consume en ténèbres immondes,

» Où la perle s'arrache aux sables des coraux ;

» Levez-vous, et sortez de votre ombre grossière ;

» Sortez de vos tombeaux et de votre poussière,

» Sortez de vos exils, de vos sillons obscurs ;

» Sortez des monts, des bois, de la ruche ouvrière,

» Des hameaux, des cités, de l'onde et de la terre ;

» Sortez de vos réduits, de vos limons impurs ;

» Levez-vous, et rouvrez vos yeux à la lumière.

Alors tout s'éveilla sur la terre et les eaux,
Les vierges, le front ceint de palmes immortelles,
Les pauvres, les martyrs, libres de leur fardeaux,
Et dans les profondeurs immenses, solennelles,
Les tribus se rangeaient aux cercles triomphaux.

Les prêtres, revêtus de leurs blanches étoles,
Les humbles ouvriers lisant au livre d'or,
Rois, bardes, voyageurs, couverts de leurs symboles,
Ceux-ci, vêtus d'acier, ceux-là, ceints d'auréoles
Dans leurs mains l'encensoir, ou l'urne ou le cinnor,
Tels qu'ils vivaient jadis ou qu'ils vivent encor.

Je lisais au travers de leurs essences pures :
Amour, gloire, bonheur, tendresse, éternité !
Et ces signes de feu brillaient dans leurs figures
Comme dans un miroir le soleil réflété.
Leurs rayons s'exhalaient en parfums, en murmures,
Comme des flots d'encens dans leur sérénité.

Chaque rayon montait dans les cycles de flammes

Et murmurait un chant vague et mystérieux.

Je distinguais les voix des vierges et des femmes,

Comme dans un concert les instruments joyeux.

Ces trois mots résonnaient du milieu de ces âmes :

Gloire, gloire à Sion ! gloire au maître des cieux !

LE DOUZIÈME SIÈCLE

LE DOUZIÈME SIÈCLE

Poëme

A M. A. DAUZATS

—»»X«—

O temps miraculeux où de l'abîme sombre
  Sortaient deux mondes à la fois !
L'un, de pierre et de bronze et couvrant de son ombre
  Le peuple inspiré par sa voix :
Rome et Sion, soleils dont la toute-puissance
  Donnait l'âme au marbre, au limon ;
Tout se transfigurait sous leur magnificence,
  L'homme, l'archange, le démon.

Comme un aigle enflammé, brisant sa conque obscure,

    S'échappe du mont sulfureux,

Ce siècle, revêtu de sa divine armure,

    S'élançait des temps orageux.

Du couchant et du sud, semblables au Vésuve,

    Les chants guerriers se répondaient.

Les éléments sacrés bouillonnaient dans la cuve

    Où le fer et l'airain — fondaient.

Memnons aux mille voix, sublimes cathédrales,
　　Colonnes des peuples mouvants,
La foi multipliait vos arches colossales,
　　Célestes palais des vivants.
Le sceau du Saint des Saints scellait leur édifice
　　Sur la pierre du Golgotha.
Ces mots étincelaient gravés au frontispice :
　　L'enfer ici se brisera !

La cloche dans leurs flancs suspendait sa trompette,
　　Comme la voix du chérubin,
L'orgue, sa tour puissante, au verbe de prophète,
　　Double voix du centre divin.
Les races à grands flots dans leur sonore étreinte
　　S'engouffraient aux porches béants.
Chaque âge tour à tour imposait son empreinte
　　Et sa pierre aux temples géants.

Quels temples ! dans les cieux les hautes pyramides
　　Où sonnaient la vie et la mort.

Les saints transfigurés dans leurs cariatides,
    A leurs pieds l'abîme où tout dort,
Et le ciel et l'enfer à l'entour des colonnes
    Dans leur formidable appareil,
Et les couples hideux des antiques gorgones
    Se tordant aux feux du soleil.

Monde étrange et peuplé dans ses noirs stalactites
    Qu'éclairait le jour supérieur :
Ardente fusion des âges et des mythes
    Sous le verbe triomphateur.
Hiéroglyphes sacrés, redoutables mystères
    Où brillait tout un dogme écrit,
Livre monumental aux vivants caractères
    D'azur, de bronze et de granit.

Quand son foudre tonnant se mêlait dans l'espace
    Aux orgues du divin séjour,
Les cités, les forêts, les cieux, courbant leur face,
    Tressaillaient d'extase et d'amour.

Tout parlait et chantait la langue universelle
    Aux adorateurs de la croix,
Et le peuple de chair à la voix immortelle
    Répondait par ses mille voix.

Mille accents s'élançaient des voûtes interdites
    Et des abîmes sépulcrals.
Les mondes palpitants roulaient dans leurs orbites
    Aux cycles architecturals.
Les démons s'agitaient sous les pieds des archanges
    Dans les ténèbres de l'horreur,
Et l'on voyait en haut les gorgones étranges
    Rugir entre elles de terreur.

Ainsi se déroulait ton austère édifice

 Sous les foudres du Vatican.

O moine de Cluni[31], tu posas ton cilice

 Dans la fournaise du volcan.

En vain grondaient les cris de la noire cabale,

 Hurlante au gouffre souterrain ;

Tu dressas sur son front l'œuvre pyramidale,

 Scellée à ton sceau souverain.

OEuvre de chair et d'os, de marbre et de lumière,

 Et de dix siècles en travail,

Dont les anneaux géants, épars sur la poussière,

 S'enchaînaient au sacré portail ;

Chaos du moyen âge, où bouillonnait la lave

 Au souffle fécond de son dieu.

Comme l'axe immuable, autel du saint conclave,

 Ton ère en marqua le milieu.

Fournaise où se trempaient les héros des croisades,

 Et toi, Richard-Cœur-de-Lion ;

Les architectes forts des hautes colonnades,

    Fervente corporation ;

Les moines, gardiens des secrets de l'Asie,

    Les reines, lampes de clarté ;

Les docteurs de la foi, foudroyant l'hérésie

    Des splendeurs de la vérité.

Sphères où gravitaient dans leurs cycles de gloire,

    Aux étoiles pour sabliers,

Du fond de la cellule ou du laboratoire,

    Ces ascétiques ouvriers ,

Élus de la pensée , orageuse prière,

    Achevant leur œuvre mortel

Pour se transfigurer dans leurs stalles de pierre,

    Portes du séjour éternel.

Le prêtre du Très-Haut planait sur cet abîme

    Comme un soleil éblouissant.

Sa main tenait la clef de l'échelle sublime

Que le Christ marqua de son sang.
Sa parole animait les vieilles basiliques
Et les cloîtres laborieux,
Dont les chœurs solennels confondaient leurs cantiques
Aux cantiques vivants des cieux.

Tout roulait à la fois, comme un torrent de flammes,
De l'Occident à l'Orient ;
Rhodes, fille des mers ; Malte, aux blancs oriflammes ;
Le temple, aux croix d'un pourpre ardent ;
Les chevaliers teutons, invincibles phalanges
Contre le fer des Sarrazins :
Tous ces ordres armés, pareils aux fiers archanges,
Soldats des étendards divins.

Le schisme, la magie et les sombres luxures,
Troupe vassale des démons,
Comme aux arceaux sacrés, leurs sinistres figures,
Grinçaient sous ces puissants rayons.

Le glaive étincelant flamboyait sur la tête
    De l'hydre aux replis ténébreux,
Et de l'axe au zénith et de la base au faîte,
    L'astre d'en haut dardait ses feux.

OEuvre incommensurable, à l'ardente coupole,
    Embrassant les deux univers,
Dont l'artiste romain, à la triple auréole,
    Sculpta la base au sein des airs ;
L'œuvre que Charlemagne ouvrit par son épée
    Dans le zodiaque impérial,
Et dont le Dante a clos la terrible épopée
    Aux portes du monde infernal.

Orages du passé, tumultueux mélange,

  Abîme de lave et de bruit,

Charlemagne, Hildebrand, le Dante, Michel-Ange,

  Éclairs tombés dans cette nuit,

Ils ont tous disparu sous les vagues profondes

  De leur édifice ébranlé.

Dans l'Océan sans borne où gravitent les mondes

  De nouveaux siècles ont roulé.

Vous seuls restez debout, monuments séculaires,

  Chaînons mystérieux des temps !

L'airain résonne encor dans vos flancs centenaires

  Autour des peuples haletants.

Vous annoncez les jours que votre voix célèbre,

  Du levant au septentrion.

L'ange du Christ vous tient sur le trépied funèbre,

  Trône de sa rédemption.

LA

PROPHÉTIE DU DANTE[22]

IMITÉE DE BYRON.

Dédiée à ma Mère

née à Césène, dans la Romagne.

8

La Prophétie du Dante

CHANT I

Je revois de nouveau notre vallée humaine.
Je l'avais oubliée en ma course lointaine.
Je reprends le fardeau de ce limon mortel,
Hélas ! privé trop tôt de mon songe immortel,
Sublime vision qui, m'effaçant les heures,
M'éleva sur son aile aux célestes demeures,
Après avoir plongé dans le gouffre profond
Où j'entendis rugir aux spirales sans fond
Les blasphèmes, les cris des âmes condamnées
Aux tourments sans espoir : troupes infortunées !

Je franchis en mon vol le moins sinistre lieu

D'où l'homme peut sortir épuré par le feu,

Pour aller se mêler au chœur sacré des anges.

C'est là que Béatrix, dans les saintes phalanges,

Vint réjouir ma vue et me guider, tremblant,

Devant la trinité du trône étincelant

Où règne le Dieu grand, dans sa gloire éternelle,

Un et trois, infini, puissance universelle.

Il daigna recevoir un hôte aux faibles yeux,

Sans foudroyer son être ébloui de ses feux.

Je montais, attiré d'étoiles en étoiles,

Au trône où ton soleil m'est apparu sans voiles,

O Béatrix ! ô toi, pur objet tant chéri,

Toi dont le marbre froid et le gazon fleuri

Ont couvert si longtemps les formes adorables,

De mon premier amour visions ineffables.

Aucun terrestre objet n'a pu toucher mon cœur,

Depuis que ton trépas m'a nommé la douleur !

Au séjour des heureux si je ne t'avais vue,
Mon âme aurait erré dans l'immense étendue
Pour te chercher sans cesse, étoile de ma foi !
Oui, le paradis même eût été vain sans toi.

Dès le dixième été tu fus mon jour, ma vie,
L'âme de ma pensée : aube si tôt ravie !
Je t'aimais sans savoir le doux nom de l'amour,
Comme on aime le ciel, l'harmonie ou le jour.
Depuis lors j'ai vécu dans ta céleste image.
Tu viens ravir encor mes yeux voilés par l'âge,
Par l'exil, les tourments et par les tristes pleurs
Répandus pour toi seule entre tant de douleurs.

Des coups amers du sort mon âme est à l'épreuve ;
Je sais braver tous ceux dont la noirceur abreuve.
La fureur des partis ne m'a point abattu.
Je suis comme le roc par l'onde en vain battu.

Proscrit, je ne dois plus contempler ma Florence,

Excepté, quand mon cœur, brisé par la souffrance,

Perçant les noirs bandeaux du sévère Apennin,

Croit voir ses murs jadis si fiers du Gibelin.

On n'a point affaissé l'esprit ardent et sombre

D'un ancien exilé, fier et vainqueur de l'ombre.

Mais, quoique le soleil d'un pur éclat ait luit,

Il faut qu'il se retire à l'heure de la nuit.

Si je n'ai point du monde obtenu la louange,

Je ne la briguai point. L'homme outrage, Dieu venge.

J'aurais voulu, Florence, ô ma noble cité !

Te rendre ta grandeur avec ta liberté.

O ma chère patrie ! ô Florence, Florence !

Pour ton barde tu fus la ville d'espérance,

Cette Jérusalem sur qui pleurait le Christ.

Toi tu m'as repoussé, reine, tu m'as proscrit.

Comme l'oiseau couvrant ses petits sous son aile ,

Je brûlais de t'offrir mon aide paternelle.

Ma voix vint te frapper, ô peuple florentin !

Sur ce cœur qui t'aimait, tu dardas ton venin ,

Semblable à la couleuvre implacable et farouche.

Ingrat, tu prononças mon arrêt de ta bouche.

Tu me ravis mes biens et ton soleil plus cher.

Tu dévouas mon corps aux flammes du bûcher [23].

Un temps viendra peut-être où luira la justice.

Mais je ne serai pas jouet de son caprice.

Un temps viendra peut-être où son regret vivant

Voudra redemander mes os promis au vent.

Son regret sera vain. Que ma froide poussière

Demeure où je mourrai , sur la terre étrangère.

Mon pays m'a fermé le toit de mon berceau.

Du moins il n'aura pas mon seul bien, mon tombeau.

Les Guelfes ont rendu mon sort irrévocable.

Mon exil est leur loi. Loi de sang, loi coupable !

Ces actes ne sont pas destinés à l'oubli.

Ah ! Florence plus tôt ! l'arrêt est accompli.

Qu'il le soit jusqu'au bout. La plaie est trop cruelle,

L'outrage trop profond, la douleur trop mortelle.

Plus de grâce en mon cœur... Je le sens tressaillir,

Et pour toi, Béatrix, vient encor m'attendrir.

Non, jamais sur tes murs que ma vengeance avide...

Sa cendre te protége, ô patrie homicide !

Sa relique sacrée est ton titre à mes yeux.

Son urne sauverait cent tyrans odieux.

Parfois je sens encor sous mon front taciturne,

Brûlé de feux, semblable au proscrit de Minturne,

Passer de noirs transports parmi mes souvenirs,

Ou l'espoir d'un triomphe, objet de mes désirs.

La vengeance parfois sourit à ma tristesse.

C'est le cri passager de ma longue détresse.

La vengeance ! parfois sa gorgone en nous dort !

Ses rêves voient un crâne aux ongles de la mort.

Grand Dieu ! chasse de moi ces horribles pensées.

Je remets dans tes mains mes offenses passées.

Ta verge tombera sur mes persécuteurs.

Oui, sois mon bouclier contre mes proscripteurs,

Comme tu me soutins dans l'horreur meurtrière

Et dans les longs tourments de ma rude carrière.

J'en appelle à toi seul, Dieu de l'éternité,

A toi seul que j'ai vu dans l'immortalité,

Et dont nul œil mortel, dépourvu de ta grâce,

N'eût contemplé l'éclat sans périr sous ta face.

Que mon front accablé, dans son triste retour,

Éprouve les douleurs du terrestre séjour,

Les mornes sentiments d'une faible nature,

Le vain trouble du cœur, invisible torture,

Les ombres de la nuit, la longueur des soleils,

Les spectacles d'un siècle aux sanglants appareils,

Le nombre étroit des ans laissés à ma vieillesse.

Ils seront moins amers à mon cœur qu'il oppresse.

J'ai souffert trop longtemps sur ce roc triste et noir

Pour suivre encor la voile avec un fol espoir.

Je me tairai. Quel homme écouterait mes plaintes ?

Sur le sol des humains mes traces sont éteintes.

Je ne suis plus du siècle ou du peuple présent.

Mes chants seuls survivront à son oubli pesant.

Ils en conserveront les funèbres annales

Écrites aux lueurs des torches infernales.

C'est le sort des esprits de mon ordre ici-bas

De vivre déchirés, et seuls, jusqu'au trépas.

Mais les siècles futurs sur leur tombe plaintive

Élèvent d'un autel l'auréole tardive.

Leur gloire va remplir le monde ; ils ne sont plus !

Si la mienne doit vivre en des temps révolus,

Qu'elle m'a coûté cher ! mourir n'est rien : mais vivre,

Captif, loin des soleils dont l'éclat nous enivre,

Bien loin de l'infini, dans les sentiers étroits

De ces hommes déchus de leurs rangs, de leurs droits.

Servir de vain spectacle à des regards vulgaires.

Errer, lorsque les loups vivent dans leurs repaires,

Privé de ma famille et de mes plus doux biens,

Ma maison, mon soleil, sans amis, sans liens.

Sans puissance, des rois sentir la solitude.

Avoir toujours la soif de la béatitude.

Envier le nid sombre ou l'aile du ramier

Qui prend son vol aux lieux que l'Arno va baigner,

Du ramier qui s'abat sur ma rive jalouse,

Dans la ville où s'endort ma trop fatale épouse [24].

Voilà donc du destin l'éclatante leçon !

Quel qu'il soit, libre au moins, je boirai son poison.

CHANT II

—✹—

1.

L'esprit des anciens temps, alors que les paroles
Portaient le sceau divin des antiques symboles,
Alors que la pensée éclairait l'avenir
Et montrait aux humains les choses à venir,
Alors que les élus dans les races futures
Des êtres et des temps découvraient les figures,
Chaos mystérieux, vague tressaillement
Où les germes des jours sont dans l'enfantement,
Cet esprit qui soufflait sur l'âme du prophète,
Cet esprit est sur moi, dans mon sein, sur ma tête.

. . . .
. . . .
. . . .

Si, semblable à Cassandre, au bruit des factions
Je ne puis faire ouïr mes lamentations,
Ou si ceux qui sont là, ne veulent pas entendre
Cette voix du désert, plus triste que Cassandre,
Que le mal soit sur eux ! et que mes sentiments,
Débordant de mon être en ses ébranlements,
Épanchent sur mes maux leur sereine influence,
La seule dont mon cœur ait eu la récompense.

. . . .
. . . .
. . . .

N'as-tu pas répandu ton sang ? Faut-il toujours

Le répandre, Italie ! ô Dieu ! taris son cours.

Des révélations la lueur sépulcrale

Me montre ton destin dans ta pourpre fatale.

Je ne me souviens plus de mes propres malheurs.

C'est sur toi désormais qu'il faut verser des pleurs.

Nous ne pouvons avoir qu'une seule patrie.

Ah ! sois toujours la mienne, ô ma terre chérie !

Sur ton sein j'ai puisé le lait avec le jour.

Ton soleil m'inspira notre verbe d'amour.

Mes os demeureront dans ton flanc, mon génie

Dans ton idiome pur, langue de l'harmonie.

Jadis avec l'empire, au fond de l'occident

Il réfléchit l'éclat de notre ciel ardent.

Mais je veux te créer un plus divin langage,

De ta beauté suprême harmonieuse image,

Où les chants de la gloire et les tendres soupirs

Trouveront des accents au gré de leurs désirs.

De l'Europe barbare, ô harpe éolienne!

Nulle langue ici-bas n'égalera la tienne.

Voilà ce que devra ton peuple rajeuni

A ton barde toscan, au Gibelin banni.

.   .   .   .

.   .   .   .

.   .   .   .

Malheur! de l'avenir le voile se déchire.

Pareils aux flots dormants, lorsque le vent expire,

Dix siècles assoupis se lèvent, haletants,

Et flottent à mes yeux dans les vagues du temps.

L'ouragan dort encor dans les flancs des nuages.

Le tremblement de terre est au fond des orages.

Le chaos sombre couve en sa création.

Mais tout est préparé pour la destruction.

Il ne faut plus jeter aux éléments funèbres

Que ces seuls mots : « Que tout rentre dans les ténèbres ! »

Tu deviens un sépulcre. Oui, toi, sol enchanteur,

Tu sentiras du fer le tranchant destructeur,

Toi qui, du paradis retraçant les délices,

Verse à flots le nectar dans tes riants calices

Et nous rend de l'Éden les ineffables lois.

Hélas ! les fils d'Adam le perdront-ils deux fois ?

Belle Italie, ô toi que le soleil féconde,

Tes champs seraient encor le paradis du monde,

Toi, dont le ciel jouit d'un horizon plus pur

Et d'astres plus brillants et d'un plus vif azur.

L'été dans ton séjour comme un amant soupire.

Tu fus l'heureux berceau d'un immortel empire.

Des dépouilles des rois tes marbres étaient ceints.

O terre des héros, sanctuaire des saints.

9

Où la gloire mortelle et les gloires divines

Ont régné tour à tour sur tes nobles collines ;

Toi que l'esprit ravi ne saurait concevoir

Dans toute la splendeur de ton charmant miroir,

Lorsque l'œil ébloui contemple ton image

Du haut des Apennins couronnés par l'orage ,

Oui , mes yeux enivrés par ton aspect si beau

Voudraient revoir encor les lieux de mon berceau.

Ah ! mille nations sous leur verge cruelle

Flétriront sans pitié ta splendeur immortelle.

Le Germain et le Franc, le Hun, l'Ibérien,

S'abattront , triomphants, sur ton temple chrétien.

Aux barbares , aux Goths, se joindront des complices.

La funèbre vapeur des affreux sacrifices

Teindra les jaunes flots du Tibre épouvanté.

Rome verra fléchir son trône ensanglanté,

Et le prêtre débile, et la vierge timide

S'enfuiront en criant sous le glaive homicide.

Le loup et le vautour, et les hideux corbeaux,

Des banquets de la mort s'arrachent les lambeaux.

Moins barbares pourtant que les viles cohortes,

Ils ne viennent chercher que des victimes mortes ;

Mais l'homme, tout vivant, vous torture sans fin

Et, toujours altéré, sent la soif d'Ugolin.

Toi qui vainquis la Gaule ou qui fus sa conquête,

O nouvelle Sion, ville du Dieu prophète,

Jamais un étendard n'approchera tes bords,

Sans que le Tibre en deuil ne roule au loin les morts.

Quand l'étranger viendra franchir vos cimes blanches,

Rochers, écrasez-le ! Pourquoi les avalanches

Vont-elles engloutir le pauvre pèlerin ?

Ou pourquoi l'Éridan renverse-t-il son frein

Pour noyer les moissons des pâtres misérables ?

Le désert engloutit le Mède sous ses sables,

La mer Rouge, le roi d'Égypte et ses guerriers.

Pourquoi n'abîmez-vous nos tyrans meurtriers,

Fleuves et monts? Les rocs, l'onde ni la nature,

Ne sauraient du vainqueur creuser la sépulture.

Le sol ne combat pas pour ceux qu'il a nourris.

Il aide seulement ses enfants aguerris.

O fils de l'Ausonie, êtes-vous sans courage?

La discorde en vos rangs a secoué sa rage!

O peuples, levez-vous! sortez d'un long sommeil.

Unissez-vous pour vaincre en face du soleil.

La Prophétie du Dante

CHANT III [25]

—»✕«—

L'urne du saint courroux ne tarit, plus sonore,
Que pour mieux se remplir et déborder encore.
Dans le chaos affreux de malheurs, de fléaux,
Je ne puis retracer tous ces lointains tableaux.
La terre et l'océan, de ces vastes annales
Ne pourraient contenir les pages sépulcrales.
Mais tout s'accomplira. Tout est écrit aux lieux
Où les plus hauts soleils vont allumer leurs feux.
De nos cruels affronts la liste meurtrière
Flotte aux portes du ciel ainsi qu'une bannière,

Et l'écho de nos cris dans les séjours divins

Interrompt tout à coup l'hymne des séraphins.

Italie ! ah ! le sang d'une race martyre

Au trône du Dieu bon n'ira pas en vain luire.

Comme un luth dont le vent arrache un long sanglot,

La voix de tes douleurs touchera le Très-Haut.

Et moi, l'un de tes fils les plus purs et fidèles,

Créature épurée aux flammes éternelles,

Mais condamné sans cesse à sentir, à souffrir,

Les haines sur mes pas peuvent en vain rugir.

C'est à toi que j'aimais, à toi que j'aime encore,

Mon pays, à toi seul dont l'ardeur me dévore,

Que j'ai voué mon luth, hélas ! fait pour gémir,

Et mon malheureux don de lire l'avenir :

Pardonne au feu mourant de mon triste génie,

S'il n'a plus sa puissance et sa jeune harmonie.

Je ne veux que chanter ton destin et mourir.

Ne crois pas que du jour je veuille encor jouir.

Un invisible esprit, pareil à la Pythie,

Me force de jeter mon cri de prophétie.

Je ne dois pas survivre à son chant surhumain.

Mon cœur en s'épanchant se brisera soudain.

Que je puisse du moins entrevoir dans ces ombres

De plus douces clartés, des images moins sombres.

Quelques astres sereins, des phares lumineux

Éclairent par moments tes sentiers douloureux.

Sur ta tombe se penche au marbre qui respire

La beauté que la mort ne saurait plus détruire.

De tes cendres s'élève un chœur majestueux

Des âmes de ton sang, dignes filles des cieux.

Sol fécond en héros comme en dons angéliques,

Je vois tes conquérants [26] sur les bords atlantiques.

Tes fiers navigateurs [27] dans les climats lointains

Vont imprimer le nom de leurs nouveaux destins.

Mais où donc ton sauveur? où donc ton diadème?

Qu'un plus heureux soleil se lève sur toi-même !

Quand viendra-t-il chasser les lugubres vapeurs
Dont l'esclave enervé boit les flots corrupteurs ?

J'entends au sein du deuil quelques voix magnanimes.
Des bardes me suivront dans leurs routes sublimes.
Le ciel qui donne une âme aux concerts des oiseaux,
Leur versera des chants aussi purs, aussi beaux.
Plusieurs célébreront l'amour, cher à leurs flammes :
D'autres, la liberté, muse des nobles âmes.
De l'aigle ils n'oseront suivre l'ardent essor.
Ils raseront plus tôt la terre en leur vol d'or.
Que de magiques vers prodigués aux louanges !
Le poëte vendra le saint concert des anges.
Malheur au barde faible enchaîné dans les cours.
L'hôte devient bientôt esclave en leurs séjours.
Son âme dégradée y perdra ses deux ailes,
Ou de peur que, pareils aux célestes rebelles,
Ses pensers de son joug ne renversent les lois,
Il brisera sa lyre ou châtrera sa voix.

Quelques-uns brilleront d'étincelles plus vives.

Un d'entre eux, mon égal, dans ses stances plaintives

Immortalisera ses touchantes amours.

Il sera couronné prince des troubadours.

Ses vers des libertés célébreront la gloire .

Et viendront ennoblir sa flatteuse victoire.

Dans les siècles suivants deux hommes plus fameux

Près de ton fleuve aimé viendront mêler leurs feux.

Le monde qui sourit au chantre de la grâce

Outragera ceux-ci dans leur plus mâle audace.

La lyre du premier au loin résonnera,

Et la chevalerie en ses vers revivra.

Semblable à l'arc-en-ciel luit son esprit magique.

Son âme du soleil aura l'ardeur lyrique.

Sa rapide pensée en son essor futur

Volera sans tarir sur ses ailes d'azur.

Le plaisir ornera de ses flammes brillantes,

Papillon diapré, ses strophes scintillantes,

Et l'art, de la nature empruntant les couleurs,

Semblera l'animer de ses charmantes fleurs.

L'autre, d'un cœur plus tendre et plus mélancolique,

Exhalera ses chants sur sa lyre héroïque,

Et sa voix, réveillant les échos du Cédron,

Chantera les chrétiens sous les murs de Sion.

D'une hypocrite cour malheureuse victime,

On osera flétrir le barde de Solyme.

Plus innocent que moi, lui, le barde immortel,

Il regarde en amant et la terre et le ciel.

Il daigne célébrer dans son flatteur langage

Le prince misérable, objet de son hommage.

L'amour, voilà son crime ! hélas ! sans la prison,

L'amour sans espérance eût éteint sa raison.

La douleur ternira ces deux nobles pléiades.

Non, la terre d'Hellé dans ses Olympiades

Ne saurait nous montrer deux chantres aussi grands,

Quoique l'un de ses fils éclate aux premiers rangs.

Le premier, il subit le tourment de la lyre.
Le destin du génie est la loi du martyre.
Ces sublimes oiseaux, cygnes harmonieux,
Sur la terre abattus, étaient faits pour les cieux.

Il est des luths muets. Il est d'autres poëtes
Qui n'ont jamais choisi de voix pour interprètes.
Ils gardent, vases purs, le feu du sentiment.
Leur cœur a renfermé le céleste aliment.
Sentir, aimer, mourir, ô sort digne d'envie !
La poésie en eux fut leur jour et leur vie.
Au vulgaire ils n'ont pas confié leurs soupirs,
Et remontent au ciel abreuver leurs désirs.
Moins heureux les élus que souillent leurs faiblesses,
Vainqueurs traînés sanglants sur leurs chars de détresses.

Qu'es-tu, sublime don, tant de fois si fatal ?
Créer par sentiment dans le bien ou le mal.

Le poëte , échappant à l'humaine sentence ,
Veut se diviniser dans une autre existence ,
Et, comme Prométhée, en ravir le rayon
Pour le communiquer aux enfants du limon.
Qu'importe sur le roc , illustre sépulture ,
Que le vautour sanglant aiguise sa torture ?
De l'esprit créateur ne sont-ils pas élus ,
Tous ceux qu'ont tourmentés ces pouvoirs inconnus?
Quelle que soit la forme où parle leur génie ,
Sur le marbre ou la toile ou bien par l'harmonie,
Le même trait brûlant les a rendus jumeaux.
Ne sont–ils pas atteints par de semblables maux !

Dans les àges futurs l'art , doué de prestiges ,
D'Apelle et de Phidias atteindra les prodiges.
Les antiques beautés sortiront du chaos.
Les âmes des Romains , ou martyrs ou héros ,
Revivront sous le feu des mains italiennes.
Les temples renaîtront sous les muses chrétiennes.

Salut à l'architecte, au maître glorieux
Qui dans le marbre saint viendra tailler ses dieux !
Soit que son ciseau fort aille dans la carrière
Reproduire Moïse éclatant de lumière,
Et sculpte ce prophète aux signes menaçants
Dont le souffle arrêta les flots obéissants ;
Ou soit que son pinceau, flamme toujours vivante,
Verse sur les damnés dans le jour d'épouvante
Les couleurs de l'enfer, telles que je les vis,
Telles qu'on les verra dans les temps infinis ;
Soit qu'il élève à Dieu les temples formidables,
De son puissant génie œuvres impérissables,
Ces sublimes pensers, dignes du sceau divin
Descendront de moi seul, de moi, le Gibelin,
Par qui furent franchis les trois vastes royaumes
Où l'Éternité plane en ses célestes dômes.

Dans le choc des combats et dans le deuil des larmes,
Ce temps resplendira de tes glorieux charmes.

Pendant qu'au loin pleurant dans les calamités
Les pâles nations flétriront leurs beautés,
Mon pays planera comme le cèdre antique
Où résonne au désert la harpe prophétique.
Florence, ô mon pays, dans mon exil cruel
Je regarde toujours ton soleil paternel.
Quand mon âme, fuyant sa trop longue torture,
Rejoindra les esprits de la même nature,
Pour l'urne de mon nom tu redemanderas
Mes cendres que jamais tu ne posséderas.

Hélas ! « que t'ai-je fait, ô mon peuple ! » insensible,
Tu n'as pas retiré ton courroux inflexible.
C'en est fait ! Je ne puis traverser désormais
La barrière élevée entre nous pour jamais.
Je mourrai seul, pleurant avec l'œil d'un prophète
Sur tes maux à venir dont tu hais l'interprète,
Sourd à mes longs adieux de désolation
Comme on le fut toujours à la prédiction.

Que ne puis-je écarter ces funèbres images !

A tes yeux obscurcis de pleurs et de nuages,

Un jour la Vérité lèvera son flambeau,

Et tu reconnaîtras ton prophète au tombeau.

MÉLANGES

LIVRE III

AGAR AU DÉSERT

Puis Abraham se leva de bon matin, et prit du pain et une bouteille
d'eau, et il la donna à Agar, en la mettant sur son épaule ; il lui
donna aussi l'enfant, et la renvoya. Elle se mit en chemin, et fut errante au désert de Beer-Sébah.

Or, quand l'eau dela bouteille eut manqué, elle jeta l'enfant sous un
arbrisseau, et elle s'en alla environ à la portée d'une flèche, et s'as-
sit vis-à-vis, car elle dit : « Que je ne voie pas mourir l'enfant. »
S'étant donc assise vis-à-vis, elle éleva sa voix et pleura.

Et Dieu entendit la voix de l'enfant, et l'ange de Dieu appela des cieux
Agar, et lui dit : « Qu'as-tu, Agar ? Ne crains point, car Dieu a ouï
la voix de l'enfant, du lieu où il est. »

(GENÈSE, Chap. XXI.)

AGAR AU DÉSERT

SCÈNES BIBLIQUES.

——◆◆◆ ◆◆◆——

La tente d'Abraham, dans le pays de Guérar.

SCÈNE I.

ABRAHAM, AGAR, ISMAEL.

ABRAHAM (sur le seuil de sa tente, remettant à Agar son fils Ismaël,
avec une cruche d'eau et un pain).

Agar, voici l'enfant que vous m'avez donné.

AGAR.

Merci ; car à l'exil vous l'aviez destiné.
Adieu ! puisse le ciel, qui vous verse sa grâce,

Vous pardonner un jour de bannir votre race!

Je vous avais donné l'enfant de votre espoir.

Isaac désormais en obtient le pouvoir.

Moi, j'emmène Ismaël, puisqu'il n'a plus de père.

(Abraham rentre dans sa tente).

SCÈNE II.

AGAR, ISMAEL.

ISMAEL.

Pourquoi donc Abraham nous chasse-t-il, ma mère?

AGAR.

Ah ! demande à Sara, l'épouse au cœur cruel.

Tes ris ont offensé son orgueil maternel.

Dans sa stérilité Dieu dota sa vieillesse.

Son fils a de ton père usurpé la tendresse;

Je suis ton seul appui. Viens, donne-moi ta main.

Du désert de Sébah nous prendrons le chemin.

Pour la seconde fois la superbe me chasse.

Mais en toi j'ai reçu l'espoir d'une autre race.

Près des sources de Sur m'apparut l'Éternel.

Un ange te nomma de sa bouche : Ismaël !

SCÈNE III.

Le désert de Béer–Sébah.

AGAR (tenant son fils par la main.)

Le sable sous nos pas s'enflamme et tourbillonne.

Comme un brûlant scorpion la douleur m'aiguillonne.

Ismaël ! son aspect redouble mon tourment.

Hélas! depuis deux jours nous marchons vainement.

Notre cruche est tarie et la soif nous dévore.

Point d'ombre, point de source !... Un jour, un jour encore.

Seigneur, aie en pitié mon enfant malheureux !

ISMAEL.

Quand donc sortirons-nous de ce désert affreux ?

Je ne puis plus marcher.

AGAR.

Mon cher fils, prends courage.
Tu te reposeras sous le prochain ombrage.

ISMAEL.

Y serons-nous bientôt?

AGAR.

Bientôt... avant la nuit...
Je tremble... l'espérance à chaque heure me fuit...
La ville fuit toujours dans l'aride étendue
Et semble à chaque pas s'éloigner de ma vue.
Hier je la voyais à droite du soleil.
Aujourd'hui je la vois dans un autre appareil.
Des tribus de ces bords sans doute c'est l'asile.
Son aspect nous annonce une terre fertile.
Peut-être est-ce l'abri des pasteurs de Paran.
Ou quelque lieu béni sous ce ciel dévorant?

Ses hôtes, quels qu'ils soient, plaindront notre détresse,
Si le lait des mortels a nourri leur jeunesse.

ISMAEL.

Ma mère, où donc vois-tu ce pays enchanté ?

AGAR.

Regarde à l'orient : admire sa beauté.
Que ne puis-je d'un trait en franchir la distance
Et t'asseoir réjoui dans ce lieu d'espérance !
Hâtons-nous... comme il brille !... on dirait le jardin
Qu'Abraham appelait dans son langage Éden.

ISMAEL.

Je ne pourrai toucher à ces rives fleuries.
L'air me brûle...j'ai soif...mes jambes sont meurtries.

AGAR.

Ma main jusques au bout te soutiendra toujours.
Accorde-nous, grand Dieu, la force et du secours !

L'ange qui m'apparut auprès de la fontaine
Viendra-t-il éclairer notre marche incertaine ?

ISMAEL.

Je me meurs !

AGAR.

Ismaël ! il chancelle ! il pâlit !
Son sein respire à peine et son pouls s'affaiblit.
Son front est inondé d'une sueur livide.
De l'eau, de l'eau, mon Dieu ! Rien que du sable aride !
Si mon souffle pouvait lui verser la fraîcheur...
Mon souffle est desséché par son mal, ô douleur !...
Si du moins je pouvais sur ces sables sauvages
L'emporter jusqu'aux lieux dont j'ai vu les ombrages.
Est-ce un jeu plus fatal ? Tout s'est décoloré.
Le désert luit sans borne à mon œil égaré !
Ah ! j'étais le jouet d'un horrible mensonge !
Désespoir ! désespoir ! mon Éden n'est qu'un songe.

(Elle prend son fils dans ses bras).

Mon cher fils , où porter mes pas dans le désert...

Le ciel s'étend sur nous d'un voile ardent couvert.

Tout semble présager une tempête affreuse.

Hélas! qu'ai-je donc fait, ô mère malheureuse !

Maudite soit Sara ! Que son fils bien-aimé

Chaque jour, sous son œil, languisse consumé,

Ou qu'il soit au bûcher offert en sacrifice!

Puisse-t-elle éprouver un plus cruel supplice !

Seule, errante au désert, sans eau, sans aliment,

Puisse-t-elle subir l'horreur de mon tourment,

Ou chassée à son tour par son époux lui-même...

Je m'égare... le ciel punit mon anathème.

(Une colonne de sable s'élève à l'orient et obscurcit le soleil).

L'air s'obscurcit... Que vois-je?.. un terrible dragon

Se lève, menaçant, au bord de l'horizon.

Est-ce lui qui frappa les deux villes maudites ?

Vient-il anéantir nos deux têtes proscrites?

(Agar se met à genoux, soutenant son enfant contre son sein).

Grâce ! grâce ! Seigneur, grâce pour mon enfant !

Ne m'as-tu pas promis qu'il serait triomphant ?

Ne l'as-tu pas nommé par la bouche d'un ange ?

Qu'a–t-il fait à Sara pour que ton bras la venge !

Si ses ris indiscrets ont causé ton courroux,

Moi seule ai dans son sang soufflé mes feux jaloux.

Iras–tu le punir du crime de sa mère ?

Souviens-toi, Jéhovah, qu'Abraham est son père !

Dieu ! tu l'avais béni, même avant qu'il fût né.

Doit-il être par toi, Seigneur, abandonné?

Vois-le mourant, flétri, plongé dans ma détresse...

Est-ce donc là le fruit de ta sainte promesse ?

Né dans la servitude et nourri dans les pleurs,

Il a jusques au bout partagé mes douleurs.

Cher enfant ! je n'avais d'autre foi que la tienne.

Tu devais affranchir l'esclave égyptienne.

L'exil, la faim, la mort, c'est le don paternel !

Que je te presse encor sur mon sein maternel !

De ce sein malheureux la source est donc tarie :

Je ne puis ranimer le flambeau de ta vie.

Ismaël, réponds-moi ! Rien ! pas même un soupir.

Ses yeux sous leur linceul ne peuvent plus s'ouvrir.

11

Ses membres sont glacés... La mort! Ciel, un miracle!

Que mon œil ne soit pas témoin de ce spectacle!

(Elle dépose Ismaël sans mouvement sous un arbrisseau.)

Parfois un puits caché dans le sable est couvert.

Je vais chercher encor... Toujours rien... Le désert...

Sur le sable embrasé vainement je me traîne.

O mon Dieu! tout mon sang pour l'eau d'une fontaine!

La nature et le ciel ne daignent pas m'ouïr.

Ma bouche, ô Jéhovah, crîra pour t'attendrir.

Mes clameurs monteront dans le concert des anges.

Mes clameurs troubleront tes célestes louanges.

Peux-tu te réjouir, toi qui me l'as donné,

Quand tu vois sous tes cieux périr mon premier né?

Au crime paternel prêtes-tu ton égide?

Peux-tu sanctifier l'auteur d'un parricide?

Sur le front d'Abraham, dans mon affliction,

J'élèverai sans fin ma malédiction.

Mes cris retentiront aux pieds de ta justice,

Jusqu'à ce que la mort à mon enfant m'unisse.

Le désert gémira de mes gémissements;

Ses antres pousseront de longs rugissements.

Le tigre à ses petits trouve leur nourriture ;

Moi, je n'ai rien trouvé ! rien que la sépulture.

Ah ! j'entends des sanglots ! Ismaël ! Ismaël !

(Elle se traîne vers l'arbre où elle a déposé son fils.)

Cher enfant, il respire ! il souffre, Dieu cruel !

(L'approche du simoun se fait sentir et bouleverse les sables.)

Le sable s'amoncelle en colonnes ardentes...

Soulève autour de nous ses montagnes grondantes.

Change l'air en poison. Les sanglants animaux

Se roulent de terreur devant tes noirs fléaux.

Unissez-vous à moi, tigres, désert, nature,

Et vous, qui souffrirez dans la race future,

Mères, dont les enfants s'abreuveront de pleurs,

En ce jour d'un seul trait j'épuise vos douleurs.

Sinistre messager d'horreur et d'épouvante,

Accours ? viens nous creuser cette tombe mouvante.

Dragon, tu peux hurler ; tigre, tu peux rugir.

O soleil, éteins-toi ! mon enfant va mourir.

Je brave, ô vent de feu, ta rage impitoyable.

Couchons-nous, embrassés, dans les gouffres du sable,

Ismaël, mon amour, ô soleil de mes yeux !

Et qu'un même tombeau nous renferme tous deux.

(Elle se couche auprès du corps de son fils.)

SCÈNE IV.

AGAR, L'ANGE, ISMAEL.

L'ANGE.

Agar, relevez-vous ; revoyez la lumière.

Le ciel entend les cris du fils et de la mère.

Votre enfant n'est pas mort. Son sort doit s'accomplir.

La parole de Dieu ne saurait pas mentir.

Ouvrez les yeux. Voyez. Une eau fraîche et limpide

Est cachée en ce puits pour votre lèvre avide.

Son baume bienfaisant soudain ranimera

Les forces d'Ismaël, et son œil s'ouvrira.

AGAR.

Le Seigneur soit loué comme l'ange ineffable ,
Deux fois le messager de sa grâce adorable !
Il m'a rendu mon fils.

L'ANGE.

Votre foi l'a sauvé.
L'œil du Seigneur sur lui sera toujours levé.
Il deviendra le chef d'une race nombreuse.
Cette race, plus tard , de sa loi glorieuse
Perdra le souvenir... Mais ses actes proscrits ,
Sur votre front, Agar, ne seront point écrits.
Hâtez-vous ? A l'enfant allez rendre la vie.
Avant la fin du jour vous serez recueillie.
Les pasteurs de Paran vont passer au désert ;
Indiquez-leur ce puits à votre œil découvert.

(L'ange disparaît.)

SCÈNE V.

AGAR, ISMAEL toujours sans mouvement.

AGAR.

Ismaël ! le Dieu bon nous sauve et nous protége.
La mort a sur son teint jeté sa froide neige.
Hâtons-nous vers le puits que l'ange vient m'ouvrir.
Mes membres sont brisés... Comment y parvenir.
Ah ! je vois de Paran la tribu bienfaitrice...
Dieu nous envoie ici sa main libératrice.

SCÈNE VI et dernière.

LA TRIBU DE PARAN, AGAR, ISMAEL.

LE PASTEUR DE LA TRIBU.

Arrêtez !... Quel spectacle à nos yeux est offert !
Une femme et son fils, mourants dans le désert,
Victimes plus que nous du fléau redoutable.

AGAR.

Vous qu'amène du ciel un rayon favorable,
Daignez à mon enfant apporter du secours.
Sans aliments, sans eau, j'erre depuis deux jours.

LE PASTEUR.

Quel que soit l'intérêt que votre sort inspire,
Nous ne pouvons sauver votre enfant, s'il respire.
Surpris par l'ouragan, nous nous trouvons sans eau.
Les puits sont desséchés par l'horrible fléau.

AGAR.

L'ange qui m'annonça votre heureuse venue
M'a montré sous le sable une source inconnue.
Aidez-moi seulement à porter Ismaël.

LE PASTEUR (à sa tribu).

Cette femme a reçu les visions du ciel,

(à Agar.)

Vers le puits révélé guidez notre détresse.

Nous porterons l'enfant, cher à votre tendresse.

Il deviendra le nôtre, et, dans notre tribu,

Nous vous rendrons le toit que vous avez perdu.

(Ils vont à la source, dont le pasteur lève la pierre, et versent de l'eau
sur les tempes et sur les lèvres de l'enfant.)

AGAR.

Ismaël! mon enfant! il rouvre sa paupière.

Dieu! je te remercie, et vous, pasteurs.

ISMAEL (rouvrant les yeux).

Ma mère!

(Les pasteurs s'abreuvent tour à tour à la source ; et après avoir rempli
leur outre, ils reprennent le chemin de Paran , ils emmènent avec eux
Agar et Ismaël.)

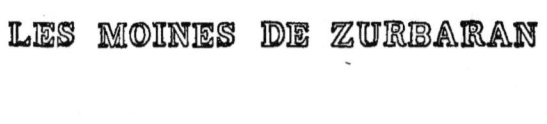

Les

MOINES DE ZURBARAN [28]

A M. LE BARON TAYLOR.

O vieux peintre espagnol, âpre et puissant génie,
Quel rayon funéraire inspira tes pinceaux !
Des amers repentirs la douleur infinie
Semble stigmatiser tes lugubres tableaux.
Dans l'horreur du sépulcre, as-tu, comme le Dante,
Traversé, tout vivant, les expiations ?
Ton âme, consumée en ta poitrine ardente,
Se transfigura-t-elle en tes créations ?

Où donc as-tu trouvé ton invisible monde
Dont l'apparition vient saisir nos esprits ?
Quel saint penser l'anime en cette nuit profonde ?
Du cloître sur son front les rites sont écrits.
Salut aux pèlerins de ces arches obscures
Où les regards mortels ne peuvent pénétrer !
Loin du soleil de l'homme, au fond des sépultures,
Ils vont s'ensevelir pour se régénérer.

Les uns, encor debout, fantômes solitaires,
Hérissent le chemin de leur ombre attristé :
Cénobites pieux, ceints de leurs blancs suaires,
Plongés dans le silence et l'immobilité.
On dirait que le Temps, dans sa course éternelle,
Les surprit en extase, et de ses bras d'airain
Les a pétrifiés, comme aux flancs de Cybèle
Les débris inconnus d'un monde souterrain.

D'autres, les yeux ouverts sur la feuille sacrée,
Murmurent à genoux les psaumes pénitents.
L'hymne du barde roi, de leur âme navrée,
S'élance vers le ciel en longs gémissements.
On croit ouïr tomber ces versets lamentables
Que David exhalait dans l'angoisse et les pleurs :
Seigneur, prenez pitié de mes jours misérables,
Car j'ai crié vers vous du fond de mes douleurs!

Ceux-ci, vieux de sagesse, inclinés avant l'âge,
Méditent sur la vie et sur l'éternité.
Dans l'orbite d'un crâne ils cherchent leur image,
Symbole glorieux de la Divinité.
Le doute amer d'Hamlet ne les fait point sourire :
Ils contemplent la mort dans toute sa grandeur,
Et du jour invisible où leur œil semble lire,
Leur front chauve a déjà revêtu la splendeur.

Aux livides clartés de l'éclair qui flamboie,

Ceux-là vont célébrer leur hymen sépulcral,

Et dans leur lit de mort se couchent avec joie

Comme des fiancés dans le lit nuptial :

Saint amour de la mort, ta céleste lumière

Allume dans leur âme un invincible feu,

Et le cilice aux reins, le front dans la poussière,

D'une voix suppliante ils appellent leur Dieu.

Mais dans leurs visions, à travers les nuées,

Ceux-là voient resplendir les brûlants séraphins ;

Ceux-ci, les poils tendus, leurs têtes hérissées,

Combattent dans la nuit avec l'esprit divin.

L'orage les emporte à ces clartés sublimes

Sur le char du prophète arraché de ses os,

Sur la pointe des rocs, dans le fond des abîmes,

Dans des lieux sans limite, aux gouffres du chaos.

Le céleste rayon luit toujours sur leurs têtes,

Et vient illuminer leurs sombres profondeurs.

Dans la nuit des tombeaux, à l'éclair des tempêtes,

Descendent autour d'eux d'invisibles ardeurs.

Zurbaran, ces éclairs qui transpercent ton âme,

Brillent dans la douleur de ton austérité,

Et donnent à ton œuvre où rayonne leur flamme,

Cet aspect sépulcral de l'immortalité.

LES GROTTES

LES GROTTES[29]

Poëme.

❈

LE VOYAGEUR.

Antres profonds creusés dans les flancs de la terre,

Séjours noirs, inconnus, débris d'un monde ancien,

Je viens vous visiter. Quel est votre mystère ?

Vous portez sur vos fronts l'âge anté-diluvien.

Mon œil avec effroi voit votre aspect sauvage.

Nul monument humain n'égale vos grandeurs.

La mort semble habiter votre sombre rivage.

Je veux interroger toutes vos profondeurs.

LE GÉNIE DES GROTTES.

Avance, ô voyageur, toi dont le pied hardi
Préfère aux murs pompeux ces sauvages retraites.
Dans leurs dômes glacés le temps s'est engourdi:
Mon esprit parlera sous ces voûtes secrètes.
Gravis à la lueur de ton rouge flambeau.
Cette apparente mort n'est que la valve obscure
Où la matière passe au creuset du tombeau.
Tu perceras, vivant, l'air de la sépulture.

LE VOYAGEUR.

Esprit, qui que tu sois, protecteur de ces lieux,
Guide-moi dans l'horreur de ce sombre domaine.
Je lis sur tous ces rocs des mots mystérieux.
Quelle main a sculpté ces formes surhumaines ?
L'antre de la sibylle aux regards du Troyen
Offrit des visions moins tristes, moins horribles.

On croit voir le chaos de l'Erèbe païen
Ou du lieu des damnés les porches plus terribles.

Une antique pensée en ces enfoncements
Semble se dérouler sous leurs vastes spirales.
Aucun souffle ne vient mouvoir ces instruments
Endormis comme l'orgue aux flancs des cathédrales.
Le glas des eaux coulant des roches aux abîmes
Trouble seul sans tarir le silence et la nuit.
Il ronge nuit et jour de ses mordantes limes
Les éléments sans fond où s'absorbe son bruit.

Les sources des grands monts, filtrant goutte par goutte,
Tombent en les creusant dans ces puits éternels,
Comme les pleurs amers creusent leur vieille route,
Fils d'Eve et de la mort, dans le sein des mortels.
Leur pluie en sillonnant les rudes stalactites
Imprime à leurs cristaux les figures du temps.
La pensée en nos cœurs, abîmes sans limites,
Grave ainsi dans son cours ses spectres palpitants.

Les rocs cristallisés se dressent et s'étendent

En mille aspects nouveaux dans leurs mornes glaciers.

J'atteins leurs pics glissants où mes pieds se suspendent

Ou je rampe à travers leurs étroits escaliers.

La nature fossile y peint ses jeux étranges ;

L'imagination, son étrange univers.

Dans leurs accouplements de bizarres mélanges

Offrent les monstres nés dans les gouffres des mers.

Là des sphinx accroupis, des débris de squelettes,

Tableaux pétrifiés des mondes égyptiens.

Des dieux ensevelis avec leurs bandelettes,

Des fourneaux d'alchimie ou des autels chrétiens ;

Ébauches du chaos, créations informes,

Gisant dans le travail des temps évanouis.

La lueur des flambeaux prête à toutes ces formes

Des aspects merveilleux, terribles, inouïs.

Dans les limbes cachés de leurs voûtes profondes

Se réfléchit partout l'œuvre générateur.

Chaque être a son ébauche et chaque âge ses mondes.

O mystère infini de l'être créateur !

L'invisible travail transforme, ardent symbole,

La matière et l'esprit dans ses mille creusets.

Peut-être cette argile a-t-elle eu la parole

Et la vie anima ces ossements muets ?

Maître, pour ranimer ces restes immobiles,

Que faudrait-il ? Ton souffle. Ah ! du hideux oiseau

Les chauves légions sortent de leurs asiles

Et viennent tournoyer autour de mon flambeau.

Ces lieux sont habités par leurs troupes funèbres,

Dignes hôtes choisis pour en remplir l'horreur.

Tout est peuplé : la mer, les astres, les ténèbres.

Que vois-je ? Un lac là-bas se projette. O terreur !

Loin des yeux du soleil, son onde, froide glace,

Sous les rocs souterrains se prolonge : elle dort.

Les ombres d'alentour planent à sa surface
Et chaque ombre y revêt le calme de la mort.
. Les flots amoncelés par les gouttes plaintives
Se perdent à jamais dans ce grand réservoir.
Le temps vient expirer sur ses nocturnes rives,
Et de l'éternité ce lac est le miroir.

Une barque est au bord, silencieuse et vide,
Que ne pousse aucun vent sur le morne cristal.
Conduit-elle aux confins de la caverne humide,
Ou dans les cercles noirs de l'empire infernal?
La rame vient m'offrir son aile sur l'abîme.
Voyons jusques au bout ses degrés tortueux.
Est-ce une illusion? Tout se meut! tout s'anime!
J'entends parler au loin les hôtes ténébreux.

GNOMES DE LA CAVERNE.

L'œuvre infatigable, éternelle,
S'accomplit sous nos dômes sourds.

Dans la matrice universelle

Nous creusons les blocs les plus lourds.

Dans nos nébuleuses demeures

Le Temps a suspendu ses lois.

Nos clepsydres marquent les heures

Dont nous portons l'immense poids.

Nos débris sont les caractères

Écrits aux livres des destins.

Dans nos cavernes solitaires

S'engouffrent les âges éteints.

Nous sommes les grandes momies

Des antiques destructions,

Et nos races sont endormies

Dans leurs cristallisations.

Nous sommes les larves immondes,

Filles du ténébreux chaos.

Nous filtrons les larmes des ondes,

A travers nos rêves éclos.

Ébauches fantasques , obscures,

Des formes, des êtres, des temps,

Nous sommes les mornes figures,

Les sphynx muets des éléments.

De la nuit les hôtes funèbres ,

Joyeux, règnent dans nos abris,

Et tournoyant dans nos ténèbres ,

Nous réjouissent par leurs cris.

Filez, créatures rampantes ;

Filez, dans vos sépulcres noirs.

Réjouissez-vous sur les pentes ;

Glissez autour des abreuvoirs.

LE VOYAGEUR.

Sombres créations, nature souterraine,

Océans, lac désert, dont nul ne sait la fin,

Je suis avec terreur vos redoutables chaînes
Dont le cercle remonte au triangle divin.
Un monde est sous nos yeux, sous nos pieds, sur nos têtes.
L'univers est rempli d'hiéroglyphes cachés,
Et l'homme, esprit aveugle, à travers les tempêtes,
Traîne à tous ces anneaux ses destins attachés.

LE GÉNIE DE LA GROTTE.

Il est encor des lieux où ton regard avide
Sondera du grand tout les nombreux échelons :
Des lieux où la matière à son creuset torride
Transforme ses produits dans leurs vastes filons.
Au fond des souterrains l'escarboucle enflammée
Brille comme une étoile aux regards des mineurs.
Sur les sommets des monts à la crête argentée,
La cascade se peint de ses mille couleurs.

Dans l'antre de la mer, les eaux phosphorescentes,
Bercent Leviathan sur leur lit de coraux.

La perle croît au fond des conques mugissantes.
Des mondes inconnus palpitent sous les eaux.
Sur les pics embrasés où luit son feu rougeâtre,
La lave en bouillonnant tournoie au gouffre ouvert.
Sur les os disparus du vieux monde idolâtre
La trombe et le Simoun se dressent au désert.

Vers les pôles glacés où le soleil s'efface,
L'aurore boréale allume ses splendeurs.
Aux mirages de feu, les mirages de glace
Mêlent dans l'infini leurs changeantes ardeurs.
Dans les îles du sud, filles des Atlantides,
La nature féerie enchante ses Édens.
Les insectes des nuits, vives cariatides,
Iluminent partout les magiques jardins.

Lève les yeux plus haut ! regarde dans l'espace
Les globes lumineux, soleils de l'univers.

Redescends dans l'abîme où le ciron s'entasse.

Tu n'auras pas la fin de ces mondes divers.

Partout s'allumeront des clartés infinies,

Des accents dont ton cœur se sentira frémir.

Partout te parleront les anges, les génies,

Dont le maître a peuplé son œuvre pour l'ouïr.

LE VOYAGEUR.

Ces sublimes tableaux ont enivré mon être.

Je voudrais m'élancer pour tout voir, tout connaître.

Tous ces biens étaient faits pour le cœur d'un mortel.

Hélas ! pour les goûter, il faut être immortel.

Dans ce monde infini, que suis-je, faible atome ?

La mort presse mes pas ; l'heure éteint mon fantôme.

LE GÉNIE DE LA GROTTE.

Connais mieux ton mystère ; homme, n'es-tu pas roi !

Tout est vain, tout est nul, tout est muet sans toi.

A UNE ARTISTE

A UNE ARTISTE

Ode

—⟫✳⟪—

En vain pour t'arrêter dans ta course divine,
Comme ils se déchaînaient sur le char de Corinne,
    Sifflent les noirs serpents.
On voit se hérisser à l'entour de ton voile,
Pour ternir ta blancheur et souffler ton étoile,
    Tous ces monstres rampants.

13

Ces monstres ténébreux, implacables reptiles,

Raniment à jamais de leurs cendres fertiles

Leurs poisons et leurs dards.

Fantômes de la nuit, dans leur ombre insensée

Ils voudraient obscurcir le jour de la pensée

Qui blesse leurs regards.

Fouets retentissants des vieilles Euménides,

Ils déchaînent toujours leurs troupes homicides

Sur les fronts couronnés.

Des temples de la muse assiégeant les enceintes,

Ils brûlent d'étouffer sous leurs froides étreintes

Tous les prédestinés.

Ils déchiraient Sapho, leur victime immortelle.

Dante les entendit sous l'éclair de son aile

Rugir dans son enfer.

Le Tasse succomba sous leur flèche perfide.

Le chantre de Don Juan dans leur venin livide
    Trempa son luth de fer.

Leur souffle est un poison, dont la lave impunie
Dévore tour à tour beauté, vertu, génie,
    Les plus purs dons du ciel.
Dans l'ombre de la mort ils insultent la gloire,
L'épouse à son foyer, la vierge à l'oratoire
    Et le prêtre à l'autel.

Malfilàtre, Gilbert, Chatterton, Millevoie,
Martyrs immaculés à leur furie en proie,
    Ont subi leurs arrêts.
Tout ce qui porte un cœur, une palme, une lyre,
L'enthousiasme, la foi, l'amour, nectar et myrrhe,
    Sont le but de leurs traits.

Vierge chaste, ils ont pu te choisir pour victime,
Toi que devaient sauver ta charité sublime,
    Ta céleste pudeur,

Le deuil silencieux de ta retraite austère,
Où la piété nourrit ta flamme solitaire,
    Inaltérable ardeur.

Va, « la loi du génie est la loi du martyre. »
Génie, amour divin, dont la clarté t'attire
    Aux suprêmes séjours :
Génie, éclair tombé sur tes lèvres de femme,
Et qui verse en ton sein son lumineux dictame,
    Flambeau des saints amours.

Les esprits épurés par son sceau de souffrance,
Remontent au foyer de leur intelligence
    Dans leur sérénité.
Dégagés des erreurs de l'humaine nature,
Sur son char triomphal la mort les transfigure
    A l'immortalité.

Ces sublimes vainqueurs des troupes infernales,
Rayonnent désormais aux splendeurs sidérales

D'un éclat sans pareil,

Où planent glorieux aux cycles de l'archange

Le divin Raphaël, le pieux Michel–Ange,

Par delà le soleil.

Vois régner au plus haut de la sphère infinie,

Cécile aux harpes d'or, la muse d'harmonie

Dans le chœur des élus,

Et Thérèse goûtant les mystères de flamme,

Que chantait ici-bas le livre de son âme,

Le plus tendre des luths.

Que te font sous tes pieds les monstres ovipares,

Accroupis loin du ciel où scintillent tes phares,

Brillants de flamme et d'or?

Ils sifflent dans la poudre à l'aspect de tes ailes,

Et ne sauraient fermer les voûtes éternelles

A ton rapide essor.

Ne laisse pas leur haine assoupir ton ivresse,

Comme leur œil perçant dont l'aiguillon le presse

      Sait fasciner l'oiseau.

Sois sourde à leurs clameurs qui ne peuvent t'atteindre.

Quoi ! pour les apaiser te faudra-t-il éteindre

      Ton céleste flambeau ?

Fille de l'art sacré, suis ton vol dans l'espace.

Ne courbe pas ton front sous leurs fouets de glace

      Au cercle mugissant.

Dédaigne en ton linceul leurs glapissements sombres ;

Ils s'évanouiront comme les pâles ombres

      Devant le jour naissant.

Qu'importe autour de toi la calomnie impure,

Semblable à la chouette, horreur de l'ombre obscure

      Que l'aube va chasser ?

Le torse de l'envie aux hideuses épouses

Excite sourdement ses couleuvres jalouses

      Prêtes à te percer.

Mais sous son bouclier, l'ange de la lumière

Te protége, au milieu de ta sainte carrière,

      Contre le noir démon,

Comme l'archange élu sous sa lance enflammée,

Dans son chaos infect de cendre et de fumée,

      Terrasse le dragon.

IMITATIONS DES LIVRES SAINTS

JOB. — L'ECCLÉSIASTE

JOB

Pendant les visions nocturnes
  Qui troublent l'esprit des mortels,
Sur mes paupières taciturnes
  Flottaient les pensers éternels.
Un souffle passa sur ma face :
  La frayeur troubla mon repos.
Je devins de flamme et de glace ;
  Un tremblement saisit mes os.

Je sentis sans voir son visage
  Une forme, un être inconnu,

De l'immortel vivante image,
L'infini formidable et nu.
J'ouïs un son à mon oreille :
L'homme est-il plus juste que Dieu ?
Celui que mon souffle réveille,
Sera-t-il plus pur que mon feu ?

Affirmera-t-il, quand je doute
Si les glorieux séraphins
Sont en sûreté dans leur route
Auprès de mes flambeaux divins ?
Vaines créatures d'argile,
Qu'êtes-vous ? le ver vous survit.
Hôtes d'une heure, ombre mobile,
Votre trace s'évanouit.

Homme, montre-moi ton mystère.
Parle ! où se tenait ton séjour,

Quand je fondais le ciel, la terre ?   .

Ta sagesse était-elle au jour ?

Quel doigt en marqua les mesures

Ou pilota ses fondements ?

Quel souffle anima ses figures

Ou suspendit les firmaments !

Quand les étoiles matinales

Se réjouissaient dans les chœurs,

Et que mes gloires triomphales

Chantaient mes visibles splendeurs,

Quelle main posa les rivages

De la mer dans l'immensité,

Lui donna pour toit les nuages

Et pour lange, l'obscurité ?

As-tu depuis ton origine

Commandé le point de lever,

Ou guidé sa lueur divine

Aux lieux qu'elle doit abreuver ?

Répands-tu ses perles sans nombre

Pour vêtir le monde nouveau,

Et pour que le méchant dans l'ombre

Se cache devant son flambeau ?

T'es-tu contemplé sur les cimes

Et dans les gouffres de tes mers ?

As-tu marché dans les abîmes

Où sont les éléments divers ?

De la mort les portes profondes

S'ouvrirent-elles à tes yeux ?

As-tu percé comme les ondes

Ses royaumes silencieux ?

De la lumière as-tu la source

Ou des ténèbres le berceau ?

Vole les prendre dans ta course
Et les peser dans ton fléau.
Sais-tu les trésors de la neige
Ou de la grêle l'arsenal ?
Pour le jour que mon choc assiége,
Ils s'élancent à mon signal.

Qui trace leurs routes secrètes
Au foudre, à l'inondation ?
Pourrais-tu souffler les tempêtes
Qu'excite l'astre d'Orion ?
Peux-tu diriger dans leur course
Le zodiaque universel
Et conduire la petite ourse
Avec les étoiles du ciel ?

Homme, montre-moi ta science !
As-tu créé les éléments,

Ta force et ton intelligence,

Ondes, cieux, terre et mouvements.

Le pouvoir dont tu t'émerveilles,

T'assurerait-il tes chemins ?

Que sont tes œuvres, tes merveilles,

Auprès des œuvres de mes mains.

L'ECCLÉSIASTE

Ainsi je vois tomber dans l'ombre

Les feuilles en vains tourbillons.

Ainsi leurs mensonges sans nombre

Jonchent nos pas dans leurs vallons.

Les cieux, les monts, les bois, les plaines,

En fourmillent comme leurs murs,

Comme à l'entour des ruches pleines
Bourdonnent les frelons obscurs.

L'arbuste a menti dans la séve,
Le grain, menti dans le sillon,
Le soldat, menti par le glaive,
Le conducteur, par le baillon.
L'homme a menti par la parole,
Le harangueur, par le Forum,
Le prophète, par le symbole,
Le prêtre, par le Labarum.

La femme a menti par sa couche,
La vigne a menti par son fruit ;
Le cœur a menti par la bouche ;
Le jour a menti par la nuit.
L'aube a menti par sa promesse,
La vérité, par la couleur,

Le front, menti par la jeunesse,
Et le rire, par la douleur.

L'esclave a menti par son maître,
La parole, par son miroir.
Le livre a menti par la lettre.
L'oracle a menti par l'espoir,
Le faux sage, par la science ;
Le lâche a menti par la peur,
La pomme, par l'expérience,
Le verre, par l'éclat trompeur.

L'illustre a menti par la gloire,
Le phosphore, par son flambeau.
Le fait a menti par l'histoire,
La justice, par son fléau.
Le maître a menti par l'ouvrage,
Le parjure, par le serment,

L'ambitieux, par son image,

Le chantre, par son instrument.

Leur ombre a menti dans moi-même,

Le plaisir, ment: dans mon cœur,

La sagesse, dans son problème,

Le savoir, dans son ris moqueur.

L'orgueil a menti par le vide,

Le pouvoir, par sa vanité,

L'abîme, par son gouffre avide,

Le temps, par sa brièveté.

La coupe a menti par la lie,

Le désir, menti par l'objet,

L'esprit, menti par sa folie,

La cause, menti par l'effet ;

L'espérance, par sa chimère,

L'amitié, par l'oubli cruel,

La femme, par sa source amère,
La fleur, par son venin mortel.

Toi seul , Seigneur, dans ton empire
Tu ne mens pas à ton destin.
Ton soleil chaque jour vient luire
Et se lève chaque matin.
Le juste attend sa récompense ;
Celui qui s'endort sur ta foi,
Se lève avec ton espérance
Et se console dans ta loi.

LE
CANTIQUE DES CANTIQUES

LE
CANTIQUE DES CANTIQUES

❦

L'ÉPOUSE.

Je suis la rose de Sarons,
Et le jasmin de la vallée.

[L'ÉPOUX.]

Comme le lis de nos vallons
Brille ma colombe étoilée
Parmi les vierges de Sarons.

L'ÉPOUSE.

Semblable au pommier balsamique
Dans les arbres de la forêt,
Mon époux, au front magnifique,
Entre ses frères m'apparaît.

J'ai désiré son ombre et je m'y suis assise ;
Son fruit m'enivre de douceur.

L'ÉPOUX.

Arbre d'encens clos à la brise !
Tu viens ravir mes yeux, ma colombe, ma sœur.

L'ÉPOUSE.

Aux salles du festin, joyeuse, il m'a conduite,
A l'heure où l'aloès s'exhale aux feux du jour.
Mon époux est un astre, et moi, la Sulamite,
Je porte sa livrée, emblème de l'amour.

Mon bien-aimé m'a dit : Lève-toi, ma fidèle ;

Viens, les eaux de l'hiver ont tari leurs torrents.

Les fleurs naissent partout sur la terre nouvelle.

Le temps des chansons vole aux ruisseaux murmurants,

　　Et la voix de la tourterelle

A déjà réjoui les bosquets odorants.

L'ÉPOUX.

O colombe, cachée au nid des rocs déserts,

　　Dans les lieux de ronces couverts,

Montre-moi ton regard, et parle à mon oreille.

Tes yeux sont deux soleils, et ta voix sans pareille

　　Surpasse les plus doux concerts.

L'ÉPOUSE.

O toi, qu'aime mon âme, où sont les frais ombrages
    Dont la douceur protége ton sommeil ?
Dis-moi les lieux tapis par les muguets sauvages,
Où paissent tes troupeaux à l'abri du soleil.

Avant que le jour souffle et que l'ombre s'efface,
    Retourne, ô mon bien-aimé !
Sois comme le chevreuil, dont nul ne suit la trace
    Sur le mont parfumé.

L'ÉPOUX.

Avant que le jour souffle, et que l'ombre s'enfuie,
J'irai sur la montagne où l'encens va fleurir.

Viens, du Liban, regarde, ô Colombe chérie,
Du sommet d'Amana, du sommet de Sénir,
Des cimes de Hermon, où l'aigle se repose,
Des antres des lions, des monts du léopard.

Fille aux lèvres de miel, colombe au doux regard !
Mon épouse, ma sœur, jardin clos, source close,
Fontaine cachetée où sont l'ambre et la rose,
    Trésor de myrrhe et de nard.

L'ÉPOUSE.

Je dormais ; mais mon cœur veillait, lampe fidèle !
Du bien-aimé j'ouïs la voix, comme un doux bruit.
« Sur mon front la rosée à flots amers ruisselle.
» Mes cheveux sont trempés des larmes de la nuit. »

Et moi je répondis au bien-aimé fidèle :

J'ai dépouillé ma robe, ô mon époux !
 Comment la vêtirai-je ?
J'ai lavé mes pieds nus des parfums les plus doux ;
 Comment les souillerai-je ?

Mais tandis que j'allais, colombe de l'espoir,
 A mon époux verser la myrrhe,
Il avait disparu comme un rayon du soir,
 Et je pleurai dans mon martyre.

Je vous conjure, ô filles de Sion,

Si vous trouvez le charme de mon âme,

Peignez-lui le deuil de ma flamme,

Et les pleurs de ma passion !

CHŒUR DES FILLES DE JÉRUSALEM.

Où fuit ton jeune époux, ô fille la plus belle ?

De ses pas dis–nous le sentier,

Et nous le chercherons comme la tourterelle

Cherche son doux ramier.

L'ÉPOUSE.

L'époux est descendu dans ses riants vergers,

Aux tapis de fleurs odorantes,

Où paissent ses brebis errantes

Parmi les muguets des bergers.

L'ÉPOUX.

Tu parais, ô ma bien-aimée,
Belle comme Tirtsa, pure comme un miroir.
Tes habits ont l'odeur de la myrrhe embaumée ;
Tes dents ont la blancheur des brebis du lavoir.

Qui ressemble à l'aube sereine,
Et de l'astre des nuits respire la beauté?
Quel regard, du soleil, mon épouse, ma reine,
Réfléchit la clarté?

Je descendis au jardin des noyers,
Pour voir mûrir les fruits de la vallée ombreuse,
Les bourgeons grandissants de la vigne amoureuse,
La fleur rouge des grenadiers.

Reviens, reviens, ô Sulamite ;
Reviens, reviens te montrer à mes yeux,
Palme d'amour dont mon âme est séduite,
Sachet mystérieux.

L'ÉPOUSE.

Mon époux, viens aux champs! sous les abris rustiques,
Dormons dans le repos des nuits aromatiques.

Levons-nous, dès que l'aube épanche sa fraîcheur.
Allons voir si la vigne a ses belles lianes,
La grappe, ses bourgeons, la grenade, sa fleur.

Nous boirons la rosée aux perles diaphanes ;
La mandragore au loin distille son odeur.

L'ÉPOUX.

O filles de Sion, ses sœurs, je vous conjure
De ne point réveiller l'épouse en son sommeil.
Ne la réveillez point dans sa volupté pure,
Jusqu'à l'heure où sa voix annonce son réveil.

L'ÉPOUSE.

Plût à Dieu, mon époux, que l'àme maternelle
Nous eût couvés tous deux en un même berceau !
Nous nous endormirions dans le même tombeau,
Comme les deux boutons d'une rose jumelle.

Mets-moi comme un cachet sur ton cœur, sur ton bras.
L'amour est plus puissant que la mort éternelle,
    Et sa jalousie est cruelle
    Comme la serre du trépas.

    Nuit et jour ses lampes de flamme,
    Invisibles soleils de l'âme,
Veillent sur le sépulcre et ne s'éteignent pas.

L'ORIGINE DES SONS

L'ORIGINE DES SONS

Poëme Lyrique.

Silence, esprits de l'air ; la nuit tombe : l'artiste
Veille seul au clavier comme un sombre alchimiste
    Penché sur ses fourneaux.

Silence, esprits de l'air, fils légers d'Uranie ;
Attendez que son souffle évoque l'harmonie
    Des profonds arsenaux.

L'œuvre harmonieuse et sonore,

Comme le germe, avant d'éclore,

Tourbillonne dans le sillon.

OEuvre gigantesque, elle embrasse

Le temps, le verbe, l'espace,

L'invisible création.

Aucun soupir, aucune flamme

Ne trahit le vol de la gamme,

A travers les arches sans fin.

Les vents reposent; le silence,

Muet prélude, se balance

Sur les ailes du séraphin.

Quel mage ou quel Védas conjure ses mystères ?

Sa redoutable main trace des caractères,

Signes mystérieux.

Son front vaste et touffu semble porter un monde.

La flamme y luit dans l'ombre ; un pâle éclair inonde

    Le gouffre de ses yeux.

L'esprit l'agite et lui déroule

Ces lignes dont le cercle roule

Depuis l'ange jusqu'au démon,

Ces clefs d'airain, claviers sublimes

Des planètes et des abîmes

Que garde l'antique dragon.

Mais l'hymne amoureux d'une lyre

Près de l'Éden passe et soupire :

Le serpent enivré s'endort.

Les clefs tournant comme une armure,

A l'invisible et doux murmure

Répondent par un triple accord.

L'homme suit au lointain son mystérieux guide ;
Ils volent à la fois dans leur course rapide
    Loin de nos firmaments.

Les octaves de feu que leur aile secoue,
Soulèvent à l'entour une éclatante roue
    Aux sourds bourdonnements.

    Où vont-ils ? Les soleils flamboient,
    L'ombre court, les sphères tournoient,
    Aucune borne, aucun repos.
    Voici les âmes désolées
    Et les larves échevelées
    Et les ténèbres du chaos.

    Vol orageux, lugubre, immense.
    Toujours il fuit et recommence

Dans les plaines de Josapha.

Il s'élève comme le Dante,

A travers la fournaise ardente

Jusqu'au trône de Jéhovah.

Plus loin, plus loin encor ! dans ces sphères plaintives

Où pleurent à jamais les flots d'âmes captives

Qui n'ont pas vu le jour.

Ces rayons incréés de la divine essence,

Dans la conque enfermés, attendent leur naissance

D'un souffle de l'amour.

L'esprit d'un signe les délivre.

Les atomes joyeux de vivre

S'élancent au sein de l'éther.

Leur flot mobile, insaisissable,

Vole plus léger que le sable,

Étincelle comme l'éclair.

Un vent lourd chasse leur cohorte.

Le char enflammé les emporte

Autour des rapides essieux.

Sur notre planète ils descendent ;

Ils s'élèvent, ils se répandent

Dans l'air, dans l'onde et dans les cieux.

Frêles bulles d'azur, arcs flottants de l'aurore ,

Ils glissent dans nos cœurs que leur rayon colore,

Images du désir.

Nos baisers amoureux de ces folles chimères

Appellent vainement leurs ombres passagères ;

Nul ne peut les saisir.

Ce sont les pâles fantômes,

Enfants des sylphes et des gnomes ,

Qui dansent le soir près des croix.

Souvent dans le sommeil en rêve,

Nous voyons leur feu qui s'élève

Ou nous tressaillons à leurs voix.

Ils murmurent une prière !

Les morts la disent sous la pierre,

Les nouveau-nés dans leur berceau.

Seigneur !... Mais quelle bouche sainte

Oserait répéter leur plainte

Dérobée au ver du tombeau.

Immobile au clavier, le mage la recueille,

Et la fixe d'un trait sur la tremblante feuille

    Par son enchantement.

Pendant ce vol terrible, ô puissance ! ô prodige !

Il veillait, immobile, à l'abri du vertige,

    Près de son instrument.

Le monde est là : voyez ces lignes,
Sa main y parsème des signes,
Comme dans les chœurs étoilés,
Des cordes, des arcs et des lyres,
Des claviers, sources de délires,
Des croix d'azur, des chars ailés.

Homme, commande à cet argile.
Ce monde muet, immobile,
Va s'animer dans sa hauteur
Et rouler au bruit de ses ailes,
Comme les sphères immortelles
Sous le verbe du Créateur.

Une voix a gémi dans son urne profonde :
Voix étrange, elle sort d'un invisible monde,
Inconnu des humains.

Les signes ont parlé sur les notes qui tremblent :
Aux lueurs de la lampe ils montent et s'assemblent
    Par de secrets chemins.

    Non, non, ce n'est pas l'heure encore.
    Ce n'est qu'un son qui s'évapore,
    Une source aux bruits inégaux.
    Le son dans l'urne se module ;
    Il flotte, il balance, il ondule :
    Sylphes, dormez sous les roseaux.

    Un marteau sourd frappe l'enclume :
    Chaque fourneau vibre et s'allume.
    Démons, silence : une âme est là.
    Elle fuit ; le vol de l'arpége
    S'élève et fond comme la neige
    Au sommet de l'Himalaya.

L'aigle y dispute au loin l'espace aux noirs nuages ;
L'homme y lutte avec l'aigle à travers les orages
    Dans son vol furieux.

Éperdu, haletant, sous la terrible serre,
Il lutte, les deux pieds attachés à la terre ,
    Et le front dans les cieux.

    Le volcan, la mer, l'étendue ;
    La foudre y mugit suspendue.
    Les feuilles tombent dans les bois.
    L'autan les roule en longues chaînes :
    Les hiboux dans le tronc des chênes
    Poussent de funèbres abois.

    Lutte horrible ! la mélodie
    Déborde comme l'incendie
    Sous les mains de l'artiste en feu.

La lave à ses pieds étincelle ;
Son front brûle, son corps ruisselle ;
L'homme combat avec le Dieu.

L'homme a vaincu le Dieu dont l'aiguillon le presse.
Les cheveux en désordre, il s'allonge, il se dresse,
Torse à l'œil écumant.

Arrête, ou le Vésuve aux foyers centenaires,
Va briser sous le choc de ses triples tonnerres
Ton fragile instrument.

Demain, aux clartés sépulcrales,
Sous les voûtes pyramidales,
A l'heure où le noir tambour bat,
Les trompettes des coryphées
Aux nocturnes amants des fées
Sonneront la nuit du sabbat.

Laisse dormir tes vents dans l'ombre ;
Laisse pour l'hippodrome sombre
Grandir la corne des taureaux ;
Dans les plis obscurs de la nue
La vapeur longtemps contenue
S'amasse et rougit ses carreaux.

Toi qui vis dans le temps, dans l'espace et le nombre,
Maître immense et caché dont le soleil est l'ombre,
Mon œuvre est clos : souffle ton vent.

Tu créas l'univers avec une parole ;
Ton verbe souverain comme la foudre vole ;
Ton signe est un acte vivant.

Pourtant notre planète, œuvre informe et mauvaise,
Comme un globe rougi sortit de la fournaise.

    Grand Dieu ! c'était ta volonté.

Combien de temps mit-elle à rouler dans l'espace,
Avant que le limon revêtît notre face ?

    Qui le sait ? Ton éternité.

Mais les pâles humains, misérables manœuvres,
Demeurent bien longtemps inclinés sur leurs œuvres,

    Avant de voir germer leurs os.

Dieu, qui vois la lumière aux ténèbres ravie,
Dis-nous ce qui se passe entre l'œuvre et la vie,

    Entre le verbe et le chaos.

FIN.

NOTES

NOTES

NOTE DE LA PRÉFACE.

* Le théâtre, suivant sa nature, expression la plus vive des lettres et des mœurs de l'époque, en est arrivé au spectacle de Van-Amburgh, digne de la barbarie romaine. La chaire, la tribune, la magistrature, ont unanimement protesté contre l'influence fatale du mouvement littéraire contemporain, dont le matérialisme industriel offre aujourd'hui le dernier résultat. La presse, cette puissance toute moderne, à laquelle il appartenait de diriger l'éducation nationale, et d'initier l'esprit public aux idées supérieures du goût moral, l'un des principaux éléments de l'ordre intellectuel, la presse, dis-je, a souverainement, sauf quelques voix isolées, manqué à sa mission vis-à-vis de l'art. Quand donc comprendra-t-on la solidarité des doctrines diverses dans un état social ?

NOTES DU LIVRE I.

AUX SOPHISTES.

Chassons, de vaines fleurs, ces chantres couronnés.

* Platon, l'auteur tant invoqué de cette sentence, ne bannit que les poëtes frivoles ou licencieux, dont les écrits amollissent ou corrompent les mœurs; il accueille dignement, au contraire, ceux dont les œuvres morales sont consacrées à les édifier. Le philosophe de Samos aurait-il pu proscrire sans déraison les chantres harmonieux de ses propres pensées. En second lieu, Platon avait en vue l'éducation d'un peuple guerrier, et ignorait l'art chrétien dans l'idéal de sa république.

VÉDAS.

[1] Les védas, brames auteurs des livres religieux de l'Inde, sont cités ici comme représentants de la poésie sacrée.

A LAMARTINE.

Cette pièce répond principalement aux dernières préfaces dans lesquelles l'illustre poëte, à la manière dont il traite la poésie et ses propres œuvres, semble appeler contre elle et contre lui-même l'ostracisme de Platon. Qui aurait pu s'attendre à voir un poëte privilégié se mêler aux sophistes, et démentir les chants bien-aimés de sa muse? Notre pièce le dit assez : nous sommes loin de méconnaitre la grandeur des missions sociales. Mais n'existent-elles que sous certains costumes et sous certaines formes, ou sont-elles incompatibles entre elles au point de se renier? Le nom de M. de Lamartine était assez glorieux pour les unir.

[2] La mort magnanime de lord Byron pour la vieille et jeune Grèce, en même temps qu'elle détruit d'une façon éclatante les accusations d'égoïsme portées par notre illustre poëte contre ses confrères, atteste un peu mieux que les sarcasmes échappés dans ses accès misanthropiques, la généreuse foi avec laquelle il soutenait ses sympathies par l'action et par la parole. Le chantre de don Juan, quoique dirigé par un autre principe, a mêlé sa cendre à celle des martyrs de la Grèce chrétienne. Il semble que Dieu ait voulu qu'il y eût une expiation pour un génie dont les erreurs et les qualités exceptionnelles n'ont peut-être pas été bien envisagées jusqu'à ce jour.

FUROR MORTIS.

[3] L'effrayant mal du suicide, jugé si légèrement par quelques-uns et regardé si indifféremment par d'autres, est une des preuves trop frappantes de cette décadence intellectuelle dont nous accu-

sons en partie les influences littéraires. Les intelligences les premières en ont été frappées. Léopold Robert, Ad. Nourrit, Gros,
Escousse, et son ami, à peine adulte, telles sont ses principales et ·
trop célèbres victimes. On y compte tous les sexes et tous les âges,
depuis l'enfant jusqu'à l'octogénaire. Cette nomenclature serait une
des plus tristes pages de nos crises sociales.

A G. SAND.

¹ Les tendances nouvelles et les poétiques élans vers les sources du
vrai beau, manifestés dans quelques-unes de ses récentes produc-
tions , ne suffisent pas pour détruire le caractère prédominant de
l'auteur de *Lélia*, surtout lorsque nous savons qu'il est toujours dans
le domaine des fantaisies. Les fantaisies qui touchent aux questions
religieuses et sociales, ne sauraient être admises comme des fantaisies
littéraires , bien qu'elles soient une des modes les plus répandues
parmi les écrivains de ce temps. Byron, qui a le premier joué auda-
cieusement avec toute chose, n'a jamais, si j'en excepte ses deux hors-
d'œuvres de Beppo et de Don Juan , méconnu dans ses fantaisies
les plus excentriques la conscience humaine, seule base du génie.
Certes, il s'ouvrait à l'auteur d'*Indiana* et des *Sept cordes de la
Lyre*, une mission que seule elle pouvait accomplir en sa qualité
de femme. Cette mission, préparée, pour ainsi dire, au milieu des
agitations de son sexe dans notre société, eût été plus digne du
talent de madame Sand.

> *Et les tristes enfants de ce siècle en délire*
> *Y suivent Lucifer.*

Le mot impropre de Lucifer n'a été employé ici que dans l'impos
sibilité de faire entrer le nom de Méphistophélès dans une pièce lyrique. Au reste , le démon de Faust est tout à fait dans la série de
l'*Ange déchu*.

POÈME DE BERTRAM.

[5] Typhon, principe du mal et des ténèbres dans la théogonie antique de l'Égypte, adversaire d'Osiris, le principe du bien et de la lumière.

[6] Ahriman, principe du mal chez les Perses, en opposition avec Oromaze ou Ormuzd, le dieu bon.

[7] Dews ou Diws, démons des deux genres, satellites d'Ahriman.

[8] Siva, troisième personne de la trimourti hindoue, principe destructeur, antagoniste de Vichnou, le dieu conservateur.

[9] Saturne. C'est le Saturne Sivaïte auquel on sacrifiait des enfants dans une statue d'airain rougi, particulièrement à Carthage : l'ancien représentant du Fatum, le dieu de la destruction, ennemi de Jupiter, le dieu par excellence. Il a tour à tour revêtu dans ses attributs sinistres le caractère de Moloch ou de Baal.

[10] Eblis, puissance infernale et cabalistique de la nouvelle théogonie orientale, prince des démons.

[11] Teutatès, ancien dieu terrible et mystérieux des druides, honoré par des rites sanglants. Il participe à la fois de Siva et de Saturne.

[12] Lok, l'Ahriman scandinave. Il est peint, dans l'Edda, avec des traits gracieux, les lèvres minces et tous les emblèmes de l'astuce et de la séduction. Il tiendrait sous quelques rapports de Baal ou de Bélial.

[13] Fétiches, images informes, figures capricieuses auxquelles l'idolâtrie de certaines peuplades sauvages attribue des influences malfaisantes et rend un culte cruel. Ce ne sont là que les principales personnifications du mauvais principe, inné dans la lutte originelle du monde, et reproduit dans toutes les théogonies de l'Orient et du Nord sous ses mille attributs, correspondants au génie subjectif des peuples et à la nature pervertie des passions humaines. Il est à remarquer que les rhombes, tambours, cymbales et instruments métalliques affectés à son culte, et chez nous encore, à ses représen-

tations ou imitations dans nos arts, sont aussi les instruments exci-
tateurs de la guerre et de l'extermination. Ces rapports et ces influences existent sans nul doute avec des modifications infinies et
se lient à un ensemble dont je me borne à indiquer une face dans
les développements de Bertram.

[14] Bertram, une des principales incarnations ou personnifications
du mauvais esprit, consacrée par les légendes du moyen âge et con-
nue sous le nom de Robert-le-Diable. Cette chronique a inspiré l'un
des plus beaux poëmes musicals d'un célèbre compositeur moderne.
En rattachant à Bertram tous les types correspondants des anciennes théogonies, je ne fais que proclamer les connexités antérieures et originaires des puissances antagonistes réalisées dans Satan, dont le damné, revêtu de la nature infernale, n'est que la filiation.

FAUST, MANFRED, DON JUAN.

[15] Qui ne reconnaît dans ces types fondamentaux de la littérature
contemporaine, des analogies frappantes avec l'esprit de désordre
passé dans les mœurs? Les personnifications matérielles, appliquées
par les temps idolâtres au mauvais principe perpétué dans la destinée humaine, ne semblent-elles pas se reproduire aujourd'hui
sous nos symboles moraux? Ceci expliquerait à la fois l'action et
l'entraînement excité par ces créations sur la société dans une époque de trouble.

LE LAID.

[16] Signe du désordre de la matière, fut presque toujours l'un des
attributs et l'un des caractères distinctifs des personnifications du
mauvais principe. Son introduction dans la poétique, comme sujet
élémentaire, me paraît dériver de la même filiation et exercer une
influence aussi nuisible à l'art que dangereuse au goût social. La
contemplation de la beauté épure, élève l'âme La vue du laid, au
contraire, on l'a observé, excite le trouble intérieur. Quel que soit

le génie d'un homme, une semblable déification pousse invinci-
blement à la dégénération de l'art dont le principe est le beau
idéal. Quant aux figures ahrimaniques, douées d'une beauté excep-
tionnelle, telles que le Lok des Scandinaves (la beauté de Lok, c'est
celle de don Juan. Satan aussi est beau quelquefois), elles offrent
une analogue et plus affligeante désharmonie dans leur nature. La
beauté du corps avec la laideur de l'âme, c'est la beauté subversive,
la séduction du mal.

OSIRIS, JÉHOVAH.

[17] Ces deux noms se trouvent placés sur la même ligne, parce
qu'ayant cité toutes les personnifications du mauvais principe, dans
les anciennes théogonies, j'ai dû leur opposer le principe du bien
dans ces mêmes théogonies.

NOTES DU LIVRE II.

LE RAPSODE.

[18] De nos jours, il y a encore des espèces de rapsodes. parmi les
improvisateurs ambulants, surtout en Italie. Mais hélas! ils ne
ressemblent guère à leurs types primitifs, dont ils sont déchus
comme nos races, et mêlent le grotesque au récit des chants poétiques ou des airs nationaux. J'ai eu l'occasion de rencontrer un
aventurier toscan, page égarée des anciens rapsodes, qui conservait
encore, malgré sa déchéance, un caractère pittoresque de poésie et
d'originalité à la fois touchant et douloureux.

PHORXIADES.

[19] Êtres mythologiques, espèces de magiciennes, correspondantes
aux lamies, répandues dans la Thessalie aux environs du Styx.

L'ÉTOILE DE LUCIFER.

[20] Moussoul, ville turque, bâtie sur les fondements de l'ancienne Ninive. C'est non loin de là qu'eut lieu la dernière bataille entre les Égyptiens et les Turcs. La régénération de l'Orient, ou plutôt d'une des parties de l'Orient, tant souhaitée, et rêvée par quelques imaginations, un instant mise en cause entre Mahmoud et Méhémet-Ali, et ajournée dans les congrès politiques des puissances, nous paraît devoir s'opérer un jour. Mahmoud n'est plus ; la mort a arrêté cet homme, marqué d'un signe fatal, au milieu de ses plans civilisateurs. Toutefois, instrument actif de sa propre ruine et de sa renaissance, il a fait faire un grand pas à l'empire turc tiré de son état stationnaire. Dans ce demi-siècle, l'empire a pris une autre face : les réformes successives s'y introduisent ; la Grèce libre s'en est séparée par une mémorable révolution ; l'Égypte s'en détache sous le gouvernement de Méhémet. Le pavillon français et la croix sont arborés sur les royaumes musulmans d'Afrique. Alger, la porte des États barbaresques, va devenir une colonie européenne. Ce sont autant de manifestes de la chute future ou de la transformation du vieil empire musulman, et j'ajouterai, de l'islamisme. Napoléon, qui avait pressenti toutes choses, dans son universalité, avait aussi rêvé un plan de civilisation, par la conquête de l'Égypte : s'il a échoué dans son entreprise, son passage miraculeux a été la plus vive commotion de l'occident à la terre de Memphis. Les missions religieuses, les conquêtes industrielles, plus puissantes désormais que celles des armes, permettent d'en rapprocher l'horizon. Mais la régénération de l'Orient, par l'Égypte ou l'empire turc, ne saurait être l'œuvre d'un homme, ni d'une armée, ni des puissances. La chaîne des peuples orientaux, privés, par une loi mystérieuse, de l'assimilation progressive, ne peut se mouvoir sans une lente continuité d'action, dans des périodes successives, au milieu de ses cercles impénétrables Il y a, dans le centre le plus intermédiaire,

à côté de la Turquie et de l'Égypte, la Perse dégénérée, sans vie réelle, accessible, il est vrai, aux influences extérieures; plus loin, d'immobiles traditions à vaincre, le vaste empire des Indes, stationnaire, d'après ses immuables lois. La renaissance de ces empires touche à l'avenir du monde. Ce ne peut être qu'un événement providentiel, enveloppé dans le mystère des temps.

POÈME DU DOUZIÈME SIÈCLE.

[21] Quoique le pape Hildebrand, connu sous le nom de Grégoire VII, appartienne chronologiquement à la fin du onzième siècle, j'ai cru pouvoir, sans anachronisme, le considérer comme faisant partie du douzième, né sous son influence et dont il a préparé toutes les voies. On sait que ce pontife eut le premier la pensée des croisades, et qu'il acheva de constituer la hiérarchie catholique, les deux plus merveilleuses choses du moyen âge. Les croisades furent, dans l'histoire moderne, la première initiation de l'Occident à l'Orient. Bonaparte n'a fait que les renouveler de nos jours, dans d'autres vues.

LA PROPHÉTIE DU DANTE.

[22] J'ai suivi dans cette imitation le système que je crois le plus propre aux traductions poétiques, et me suis appliqué à transformer la pensée byronienne, d'après le génie de notre langue. Ainsi j'ai substitué parfois une image propre à celle du poëte anglais, ou j'ai retranché quelques parties superflues. Cependant je me suis rapproché autant que possible de l'original, n'ayant pas de meilleur modèle à suivre, et ceci peut être regardé comme une traduction. Je l'aurais nommée de la sorte, si, comme je viens de le dire, je ne croyais qu'une poésie ne saurait se traduire dans une autre, mais doit s'y transformer.

Aux flammes du bûcher.

²⁰ Le nom du Dante fut trouvé dans les archives de Florence, le onzième, sur une liste de quinze personnes condamnées à être brûlées vivantes. Le prétexte de cette sentence fut des échanges iniques et des gains illicites. Il n'est pas étonnant que le Dante, ainsi calomnié, ait toujours protesté de son innocence et de l'injustice de ses concitoyens. Le vrai motif était la jalousie de ses rivaux et surtout la haine des Guelfes.

Fatale épouse.

²¹ La femme du Dante appartenait à l'une des familles guelfes les plus puissantes, celle des Donati, où figurait Corso Donati, le principal ennemi des Gibelins. Telle fut, sans doute, la cause de la désunion du poëte, dont Byron tire un texte personnel dans sa funeste analogie. Il faut convenir que l'exil volontaire du noble lord et les persécutions auxquelles il fut en butte, ont dû lui présenter une sympathie étrange dans ce sujet.

CHANT TROISIÈME.

²² Quoique le poëme de Byron soit divisé en quatre chants, nous avons réuni en un seul les deux derniers, qui traitent également des destinées de l'art.

Je vois les conquérants.

²⁶ Eugène de Savoie, Spinola, Pescara, Montéccuço.

Tes fiers navigateurs.

²⁷ Colomb, Améric Vespuce, André Doria.

> *Ses sublimes pensers, dignes du sceau divin ,*
> *Descendront de moi seul, de moi le Gibelin.*

Byron dit avoir lu quelque part que Michel-Ange était si enthousiaste du Dante, qu'il avait dessiné toute la Divina Comedia. Mais ses dessins furent perdus dans un voyage par mer.

NOTES DU LIVRE III.

²⁸ Les moines de Zurbaran sont une des plus extraordinaires

pages du Musée espagnol, dont la collection est due au zèle coura-
geux de M. le baron Taylor, l'un de nos savants voyageurs, auquel
on doit déjà la translation de l'obélisque en France, et qui a sauvé
ces précieuses reliques de l'art chrétien, pendant les dernières
guerres civiles de la péninsule. Quels que soient les défauts sur les-
quels puissent s'exercer les critiques, et quelque peu habitué que
soit notre public au sérieux austère dans les compositions artis-
tiques, on ne peut contester à la peinture espagnole, rangée parmi
les chefs-d'œuvre du Louvre, un caractère profond d'originalité
nationale, ce qui est un des plus hauts attributs de l'art.

POÈME DES GROTTES.

²⁹ Les grottes de Labalme, en Dauphiné, ont fourni à l'auteur,
dans leur réalité merveilleuse, la plupart des fictions du poëme.

A UNE ARTISTE.

³⁰ Nous rappellerons à ce sujet la princesse Marie, qui s'est dis-
tinguée entre les artistes modernes, par une œuvre nationale, élevée
à la fois de pensée et d'exécution. Si de rares prédestinations, consacrées dans tous les temps et dans les propres mythes du christianisme, ouvrent les sphères créatrices à quelques femmes privilé-
giées, il ne saurait être pourtant dans nos principes d'accepter les
paradoxes nouveaux propagés par de faux systèmes d'émancipation
en dehors des vraies doctrines initiatrices. L'auteur d'Emile avait
raison, à ce point de vue : l'homme , en voulant la refaire (au lieu
de la développer), gâte souvent l'œuvre de Dieu.

LE CANTIQUE DES CANTIQUES.

Cet hymne, d'après les interprétations sacrées, exalte, dans son
sens mystique, l'hymen futur du Christ et de l'Eglise, son épouse
bien-aimée. La Bible est pleine de semblables personnifications.

TABLE

ODES.

LIVRE I.

HYMNES.

LIVRE II.

MÉLANGES.

LIVRE III.

www.ingramcontent.com/pod-product-compliance
Lightning Source LLC
Chambersburg PA
CBHW071826020726
47502CB00004B/1247